魯迅

范銘如／主編
范銘如／編著

三民書局

國家圖書館出版品預行編目資料

魯迅／范銘如主編;范銘如編著.——二版一刷.——臺北市: 三民, 2018
面;　公分.——(二十世紀文學名家大賞／03)

ISBN 978-957-14-6477-0　(平裝)

848.4　　107015683

© 魯　迅

主編者	范銘如
編著者	范銘如
發行人	劉振強
著作財產權人	三民書局股份有限公司
發行所	三民書局股份有限公司 地址　臺北市復興北路386號 電話　(02)25006600 郵撥帳號　0009998-5
門市部	(復北店) 臺北市復興北路386號 (重南店) 臺北市重慶南路一段61號
出版日期	初版一刷　2006年5月 二版一刷　2018年11月
編號	S 833350

行政院新聞局登記證局版臺業字第〇二〇〇號

ISBN　978-957-14-6477-0　(平裝)

http://www.sanmin.com.tw　三民網路書店

叢書總論

白話文學是中國追求現代性過程裡重要的媒介，也是最顯著的成果之一。隨著現代化需求的加速，中國的知識分子先從科學、技術、制度、機構等等洋務運動的推動，再到西方文明文化思潮的翻譯學習，乃至於對中國傳統進行全面性反思，一系列革命性的變革，自十九世紀中葉發軔，直到二十世紀上半部仍然方興未歇。中國現代化的歷程中觸動傳統思想與文化體系的革新機制，表現在文學層面上，最明顯的就是文學形式與內涵的劇烈變易。不論是語言文字（文言、白話、外來語），抑或者是文類（詩歌、散文、小說、戲劇）以及藝術技巧（寫實主義、浪漫主義、象徵主義）各方面，都開展出具有現代意義的優異成績。這一批歷經現代化狂潮的知識青年，憑仗手中滿溢著救亡圖存熱情的筆桿，寫下中西文化碰撞、新舊秩序轉型時關於國家民族走向的辯證權衡，各種社會現象的觀察針砭、文藝發展理念與實際操練的磨合問題。其中，置身紛亂動盪時代裡個人身分處境的摸索抉擇，甚至生命情感的壓抑抒發，更成為作品裡動人心弦的主題。

從清末至民國，白話文學以及其中寓含的革新、異議精神連綿不絕。現今我們慣以一九一九年的五四愛國運動同時作為現代白話文學的起點，乃是取其象徵性的時間意義。事實上，五四運動只是中國現代化進程裡一個承先啟後的顯著里程碑而已；新文化的醞釀萌發自有其細膩輾轉的過程，而白話文學的發展流變，當然也不是在二〇年代才透露端倪。有鑑於此，本套叢書不以五四之後的作家作品為限，還上溯至二十世紀以前即大力、長期呼籲文化文學革命的梁啓超。這樣的作法，希望一方面強調時代思想變革的漸進式歷程，一方面以梁啓超具備的傳統士大夫及新式知識分子的雙重典範，彰顯現代文學傳統裡新舊文化銜接合流的特質。

整體而言，選入《二十世紀文學名家大賞》的作家都是在現代文學創作上具有獨特貢獻，並且持續保有文學影響力的大家。他們的成就不僅早在文學史上獲得肯定，他們的作品也一再地被選入各種版本的教科書與文學讀本中。一談起新詩，我們總是再別不了徐志摩、聞一多以及戴望舒；一想到散文，腦海裡立刻浮現朱自清、夏丏尊、許地山和梁啓超的背影；提及小說，魯迅、郁達夫和蕭紅的吶喊猶在耳邊。透過文學，他們或者傳達個人對家國社稷的企盼與關懷，又或者抒發個人真摯的情感來表現中國人的現代精神。有的作家個性強烈率直，有人委婉節制；表現於文采上，典雅瑰麗或是質樸清華亦各擅勝場。這些作家作品各因其耀眼的特質，成為文學史上不可或缺的扉頁。

但是耳熟能詳不代表全面理解，有時反而會淪為想當然耳的片面化、刻板化閱讀習慣。此外，兩岸長期以來因為政治體制與文化體系的不同，對作家的評價或作品的評論產生極大的落差，政治立場雷同的大力吹捧甚至神格化，反之則將之醜化甚至從史料中除名，不然就是選擇性地介紹特定類型的作品。這樣的詮釋偏見隨著兩岸的開放交流、文史學者們不斷地辯論修正後已經獲得長足的改善。然而，學術層次上推展出來的看法落實到中學教育層面上的改變，原本就需要長時間的轉化。文學教改的時程卻在當前環境的挑戰下愈顯急迫。姑且不論傳播娛樂的多元刺激或功利導向的社會價值導致文學人口的快速流失，時代的推移不但使得歷史情境、文化脈絡越來越疏遠陌生，連當初所謂的現代白話語彙到今日都有些像文言文那樣的艱澀難懂。在這種種不利的因素下，青年學生即使有心學習也可能不得其門而入。

《二十世紀文學名家大賞》叢書的策劃就是希望能夠以更當代、更全面的選介評析引領年輕學子進入現代文學的殿堂。十位負責編選執筆的專家都是全國各大學中文系所裡的資深教授：洪淑苓教授（臺灣大學中文系）、張堂錡教授（政治大學中文系）、許琇禎教授（臺北市立大學語教系）、陳俊啟教授（中正大學中文系）、廖卓成教授（國立臺北教育大學語創系）、趙衛民教授（淡江大學中文系）、劉人鵬教授（清華大學中文系）、蔡振念教授（中山大學中文系）、賴芳伶教授（東華大學中文系）。不僅學養豐富，對於學生知識上的不足與誤解也有長期的觀察了解。本叢書除了對作家廣為傳誦的經典及創作特色再予以深入並系統化的賞析之外，還希望呈現作家更多的文學面向，在讚揚他們的藝術成就、人格道德或時代洞見之餘，也不諱言他們書寫、個性或思維上的局限。回歸到文學的、文化的、人性的、生活的層面，更可深刻地體會到他們如何在紊亂脫序的年代中搏鬥掙扎、矛盾挫折，對於他們的作品也才能夠給予較客觀的評論。

這套叢書以每位文學名家為單獨一冊。每一本作家專輯以其具有代表性的作品為主，每篇作品輔以注釋和賞析，前後則以綜論作家生平與文學風格的〈導讀〉一篇，以及條列式的作家大事〈年表〉。篇幅所致，選入的作品以短篇為主，中長篇則為節錄；另外根據每位作家的藝術表現，對於不同的文類也有不同的比重安排。此套文學大系的出版，三民書局龐大的編輯群們功不可沒。最必須感謝的還是在繁忙課務及研究中還特地抽空耐心編寫專卷的每一位學者。你們的熱忱，讓二十世紀的文學源流汩汩地導入新的世紀。

范銘如

導讀

魯迅（一八八一—一九三六），原名周樹人，字豫才，出生於浙江省紹興府的仕紳望族。大弟周作人，也是散文名家。周氏家族一度衰敗，祖父周介孚苦學高中進士後，成功地重振家業。可惜，一場弊案中斷周介孚的仕途，並入獄服刑七年。祖父入獄後家境頓時陷入困境，因為父病弟幼，少年魯迅便與母親魯瑞共同承擔起家庭重擔，到處籌措借貸。家庭迅速沒落的慘痛經驗，使他深切地感受到科舉官場的險惡，以及親友的虛偽冷酷。因此，對於封建文化與家族制度的批判、破落戶與暴發戶子弟嘴臉的描寫，以至中國人偽善、殘忍、奸詐、落後等等醜態的揭露，在他的小說與雜文中一直是重要的主題。

家庭的變故使得魯迅的個性早熟而陰鬱，成年後立意遠離故鄉，「走異路，逃異地」，到南京的江南水師學堂唸新式的教育。在南京，魯迅開始接觸到西式的學科教育，並受到梁啓超、嚴復等人的啟蒙思想影響，深信西洋科學知識能促進中國的富強。三年後畢業，取得官費留學的資格，前往日本攻讀醫學。就學期間，曾於課堂上看到一張幻燈片而大受震撼。畫面上是一個即將被日軍砍頭示眾的中國人，旁邊圍繞著一群體格強壯的中國人等著欣賞行刑

一九〇三年魯迅留學東京弘文學院時所拍攝；據說這是在他剪去辮子之後留影。（《中國語文》 第六冊，p.88，香港教育圖書公司）

魯迅留學日本，圖為一九〇九年攝於東京。（《中國語文》 第六冊，p.88，香港教育圖書公司）

的盛況。據魯迅自述，「從那一回以後，我便覺得醫學並非一件緊要事，凡是愚弱的國民，即使體格如何健全，如何茁壯，也只能做毫無意義的示眾的材料和看客，病死了多少是不必以為不幸的。所以我們的第一要著，是在改變他們的精神，而善於改變精神的是，我那時以為當然要推動文藝，於是想提倡文藝運動了。」於是，魯迅逐漸放棄醫學與科學，轉而從事文學和文化的維新。留日七年之間，他翻譯許多西方小說，對於同樣關注「被壓迫民族」的俄國及東歐文學特別偏好，並結集成《域外小說集》二冊出版。他對救國與救人的興趣，也從外在生理的醫治，轉向內在精神的探索。對中國人的「國民性」及其文化病癥的省思，使他日後寫出集中國人劣根性於一身的經典小說〈阿Q正傳〉。

魯迅雖然追求西方進步文明，自己卻未能完全叛離他痛惡的封建禮教。一九〇六年，魯迅母親佯稱病重，召騙他返國與朱安女士成婚。魯迅年幼時即與母親患難與共，終生事母至孝，忍痛服從母命完婚，三天後即逃回日本。這個婚姻一直困擾著魯迅，他曾說：「是母親給我的一件禮物，我只能好好供養它，愛情是我所不知道的。」一九〇九年，母親再度召喚他返鄉謀生，魯迅揮別居住七年的日本，重回家鄉。

魯迅回國後先在杭州和紹興教授生理和化學的課程，後來又到北京教育部任職，閒暇時以抄古碑、校勘古籍打發時間。一九一一年辛亥革命成功的喜悅維持不了多久，軍閥混戰、袁世凱稱帝、張勳復辟等接踵而至的政治亂象，使他對於中國的前途越來越悲觀，心情愈加寂寞憂憤。長期的壓抑鬱悶以及對中西文化的思考，使得魯迅一寫起小說就不同凡響。一九一八年他應好友錢玄同之邀，在以鼓吹新文化運動為宗旨的雜誌《新青年》上發表短篇小說〈狂人日記〉，迅速獲得廣泛激烈的迴響，一舉為中國現代白話小說創作拉開序幕。

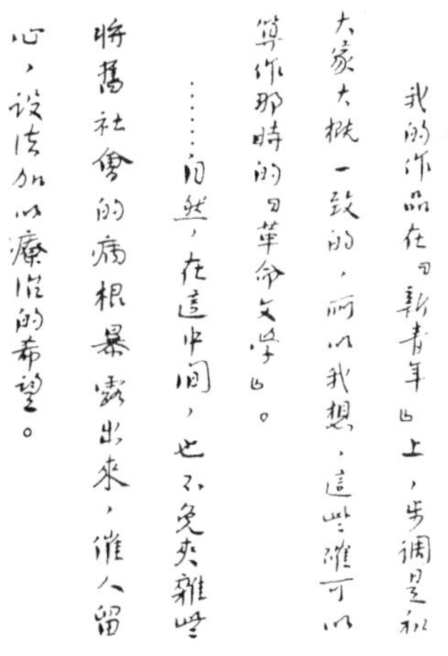

我的作品在《新青年》上，步調是和
大家大概一致的，所以我想，這些確可以
算作那時的《革命文學》。
……自然，在這中間，也不免夾雜些
將舊社會的病根暴露出來，催人留
心，設法加以療治的希望。

魯迅的手稿。(《中國語文》第九冊，p.23，香港教育圖書公司)

從一九一八年至一九三六年逝世為止，魯迅除了小說創作外，還寫作大量的雜文、散文詩、序跋、書信、日記、學術著作和翻譯作品。小說、雜文的特色及影響尤為顯著。魯迅的小說集共有三本《吶喊》（一九二三）、《徬徨》（一九二六）、《故事新編》（一九三六），計三十三篇中、短篇小說，前兩本是作家的原創，後一本則取材古代神話和傳說加以改寫。在《吶喊》的〈自序〉裡，魯迅將深受封建傳統禁錮的現代中國困境形容成為一間鐵屋子，被關在裡面的人昏昏沉沉地睡著，不久都要悶死了。他希望由少數清醒的人的吶喊聲，能讓更多人驚醒、奮起，一起將鐵屋摧毀。因此，〈狂人日記〉用白話文代表新文化論述，用日記體強調個體心聲，挑戰以宗族、國家、集體、意志為尚的舊制度，諷刺幾千年來用文言文寫下的道德規範猶似吃人的禮教。那些似是而非的封建信念雖然無意吃人，卻未必不會在無意中造成傷害，例如〈祝福〉裡視寡婦（被迫）再嫁為罪孽的四叔與魯鎮眾人，間接導致祥林嫂的悲劇；執迷於「萬般皆下品，唯有讀書高」的士大夫價值，〈孔乙己〉的主角始終無法正視現實，最後反成為科舉制度的犧牲品。相較之下，〈一件小事〉

一九二三年，魯迅第一本短篇小說集由北京新潮社出版，封面為魯迅親手所設計。（《中國語文》第九冊，p.23，香港教育圖書公司）

咸亨酒店，魯迅的短篇小說〈孔乙己〉的故事地點。

裡的車夫雖然不懂什麼「讀書人的事」，他的良知及行為勇氣卻比那些士人、官僚高尚許多。

魯迅對舊社會的批判並不代表他全盤否定傳統。魯迅不僅愛讀各類筆記、傳奇、野史、民間傳說，校訂考據過三本古典小說研究著作，最後更囊括古代神話以至晚清的各類型小說，寫就《中國小說史略》一書。這些非官方的文獻資料提供了他創作《故事新編》的靈感。通過藝術性地再創造，魯迅對先聖顯達做出另類而現代的評價。例如以女性神話人物「女媧」，而非傳統上的男性人物盤古，建構出中國文化起源的現代史觀。〈出關〉裡對孔儒虛假、老子虛妄的譏諷，〈非攻〉對墨子兼愛的尊崇，都可看出魯迅反體制、反主流以及悲憫積極的戰鬥精神。

魯迅的公眾形象慣常與啟蒙主義先驅、文學鬥士和青年導師相連，但是自己卻難以擺脫封建觀念的束縛。五四浪潮中最重要的一項改革便是爭取個人戀愛婚姻的自由。一九二〇年中期，魯迅結識後半生心靈與生活的伴侶許廣平，面對彼此滋生的感情時原本退縮猶豫。在女方無畏世俗流言的愛情力量中，魯迅最後決定與許廣平共築家庭，育有一子。然而與朱安的夫妻名義卻維持不變，並終身負擔她的開銷費用。魯迅個人痛苦的三角關係說明了新舊文化交替時道德上的兩難。因此魯迅也不乏對自身及思潮的反思。例如〈狂人日記〉裡呼喊著救救孩子的狂人竟向現實妥協，走入科舉仕途。〈祝福〉裡的敘述者也無能給祥林嫂任何指引。〈傷逝〉一文更是對戀愛至上的時代青年提出警訊，提醒現實的殘酷足以扼殺浪漫的情懷或崇高的理想。新的行為思維是否禁得起實踐上的考驗?能否醫治人心世道的沉痾固疾?魯迅並不如他同代文人那般天真。

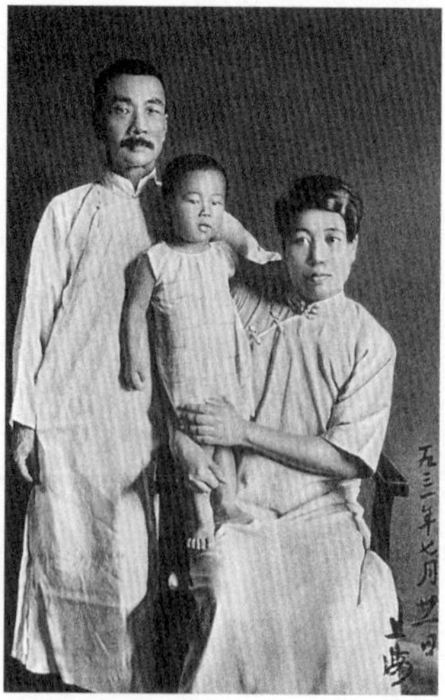

一九三一年魯迅和妻子許廣平以及兒子周海嬰的合影。(《中國語文》第六冊，p.128，香港教育圖書公司)

相較於小說的晦澀抑鬱，魯迅的散文明快犀利，對不以為然的人事，極盡冷嘲熱諷、狂批猛攻之能事。不管是古典小品文或是現代的散文，多半強調抒情敦厚，魯迅的散文卻思想性強烈而且直言尖刻，故亦稱「雜文」。〈夏三蟲〉一文裡，明寫蚊蠅跳蚤的好壞，暗地裡罵人不如蟲的嘴臉，可說是諷刺文體的傑作。

魯迅的散文不僅僅是把他在小說裡關注的議題以更清晰直接的方式闡釋而已。他更為讀者開啟多元面向去思辨當時熱門而現在依然重要的問題，如國民性與現代性。〈從孩子的照相說起〉一篇，由攝影——西方科技之眼——反顧中國式的教育和美學標準；〈電影的教訓〉則是由另一樣西方文明的產物，電影，說明徒有形式技術上的模仿移植，距離真正革新/心的目標尚有一大段路要走。魯迅認為，現代中國人應以更主動、積極的〈拿來主義〉去吸取外國文化，存菁去蕪轉為己用。然而他不忘提醒讀者，要「沉著」、「有辨別，不自私」。〈娜拉走後怎樣〉舉婦女解放運動為例，點出覺醒者仍將面對更殘酷的現實挑戰，過度樂觀與理想化反易淪為無謂的犧牲。〈風箏〉則是魯迅少見的抒情美文，回憶幼年兄弟家居點滴，淡淡感傷中又有耐人玩味的哲思，透露作家細膩柔軟的一面。〈我怎麼做起小說來〉是夫子自道，對想研究魯迅文學或想承其創作衣缽的讀者們，應可提供較為清楚的脈絡。

一九二八年魯迅攝於上海景雲里寓所。（《中國語文》第六冊，p.88，香港教育圖書公司）

一九二五年魯迅為俄文版的《阿 Q 正傳》所拍攝的作者影像，並且為這個譯本寫了序言與自序傳略。該書於一九二九年於俄國出版。（《中國語文》第九冊，p.23，香港教育圖書公司）

二十世紀初如火如荼推動的新文化運動倏忽已成上世紀的往事，叛逆青年們的文學作品也被公認為寶貴的文化遺產。魯迅如果有知，不知道會覺得鐵屋完全被拆除了？部分拆除了？還是又出現了另一間鐵屋？從當代的眼光檢視魯迅的吶喊，也許有些破舊立新的呼籲流於偏激武斷，輕估自己傳統價值的後遺症，反有落入被文化帝國主義殖民的危險。但是，邁入新紀元的我們，又何嘗不是擺盪在舊傳統與新思維中？在反思自身國民性的同時，思索著該用怎樣的「拿來主義」與國際化、全球化接軌？新青年們的困境與嘗試，對當代青年並非全然陌生。閱讀魯迅，以及二十世紀名家作品，不只帶我們重回白話文學萌發的現場，認識他們在荊棘裡綻放出的繁花盛景，更藉由他們在古今、中外文化中的衝撞建構，重新審視我們成長的軌跡與走向。

范銘如

魯迅

目次

散·文·卷

小・說・卷

狂人日記

某君昆仲[1]，今隱其名，皆余昔日在中學校時良友；分隔多年，消息漸闕[2]。日前偶聞其一大病；適歸故鄉，迂道往訪，則僅晤一人，言病者其弟也。勞君遠道來視，然已早愈，赴某地候補[3]矣。因大笑，出示日記二冊，謂可見當日病狀，不妨獻諸舊友。持歸閱一過，知所患蓋「迫害狂」[4]之類。語頗錯雜無倫次，又多荒唐之言；亦不著月日，惟墨色字體不一，知非一時所書。間亦有略具聯絡者，今撮錄一篇，以供醫家研究。記中語誤，一字不易；惟人名雖皆村人，不為世間所知，無關大體，然亦悉易去。至於書名，則本人愈後所題，不復改也。七年四月二日識[5]。

一

今天晚上，很好的月光。

我不見他[6]，已是三十多年；今天見了，精神分外爽快。才知道以前的三十多年，全是發昏，然而須十分小心。不然，那趙家的狗，何以看我兩眼呢？

我怕得有理。

二

今天全沒有月光。我知道不妙。早上小心出門，趙貴翁的眼色便怪：似乎怕我，似乎想害我。還有七八個人，交頭接耳的議論我，又怕我看見。一路上的人，都是如此。其中最凶的一個人，張著嘴，對我笑了一笑；我便從頭冷到腳跟，曉得他們布置，都已妥當了。

我可不怕，仍舊走我的路。前面一夥小孩子，也在那裡議論我；眼色也同趙貴翁一樣，臉色也都鐵青。我想我同小孩子有什麼仇，他也這樣。忍不住大聲說，「你告訴我！」他們可就跑了。

我想：我同趙貴翁有什麼仇，同路上的人又有什麼仇；只有廿年以前，把古久先生的陳年流水簿子[7]，踹了一腳，古久先生很不高興。趙貴翁雖然不認識他，一定也聽到風聲，代抱不平；約定路上的人，同我作冤對。但是小孩子呢？那時候，他們還沒有出世，何以今天也睜著怪眼睛，似乎怕我，似乎想害我。這真教我怕，教我納罕而且傷心。

我明白了。這是他們娘老子教的！

三

晚上總是睡不著。凡事須得研究，才會明白。

他們——也有給知縣打枷過的，也有給紳士掌過嘴的，也有衙役占了他妻子的，也有老子娘被債主逼死的；他們那時候的臉色，全沒有昨天這麼怕，也沒有這麼凶。

最奇怪的是昨天街上那個女人，打他兒子，嘴裡說道，「老子呀！我要咬你幾口才出氣！」他眼睛卻看著我。我出了一驚，遮掩不住；那青面獠牙的一夥人，便都哄笑起來。陳老五趕上前，硬把我拖回家中了。

拖我回家，家裡的人都裝作不認識我；他們的眼色，也全同別人一樣。進了書房，便反扣上門，宛然是關了一隻雞鴨。這一件事，越教我猜不出底細。

前幾天，狼子村的佃戶來告荒，對我大哥說，他們村裡的一個大惡人，給大家打死了；幾個人便挖出他的心肝來，用油煎炒了吃，可以壯壯膽子。我插了一句嘴，佃戶和大哥都看我幾眼。今天才曉得他們的眼光，全同外面的那夥人一模一樣。

想起來，我從頂上直冷到腳跟。

他們會吃人，就未必不會吃我。

你看那女人「咬你幾口」的話，和一夥青面獠牙人的笑，和前天佃戶的話，明明的暗號。我看出他話中全是毒，笑中全是刀，他們的牙齒，全是白厲厲的排著，這就是吃人的傢伙。

照我自己想，雖然不是惡人，自從踹了古家的簿子，可就難說了。他們似乎別有心思，我全猜不出。況且他們一翻臉，便說人是惡人。我還記得大哥教我做論，無論怎樣好人，翻他幾句，他便打上幾個圈；原諒壞人幾句，他便說「翻天妙手，與眾不同。」我那裡猜得到他們的心思，究竟怎樣；況且是要吃的時候。

凡事總須研究，才會明白。古來時常吃人，我也還記得，可是不甚清楚。我翻開歷史一查，這歷史沒有年代，歪歪斜斜的每頁上都寫著「仁義道德」幾個字。我橫豎睡不著，仔細看了半夜，才從字縫裡看出字來，滿本都寫著兩個字是「吃人」！

書上寫著這許多字，佃戶說了這許多話，卻都笑吟吟的睜著怪眼睛看我。

我也是人，他們想要吃我了！

四

早上，我靜坐了一會。陳老五送進飯來，一碗菜，一碗蒸魚；這魚的眼睛，白而且硬，張著嘴，同那一夥想吃人的人一樣。吃了幾筷，滑溜溜的不知是魚是人，便把他兜肚連腸的吐出。

我說「老五，對大哥說，我悶得慌，想到園裡走走。」老五不答應，走了，停一會，可就來開了門。

我也不動，研究他們如何擺布我；知道他們一定不肯放鬆。果然！我大哥引了一個老頭子，慢慢走來；他滿眼凶光，怕我看出，只是低頭向著地，打眼鏡橫邊暗暗看我。大哥說，「今天你彷彿很好。」我說「是的。」大哥說，「今天請何先生來診一診。」我說「可以！」其實我豈不知道這老頭子是劊子手扮的！無非借了脈這名目，揣一揣肥瘠：因這功勞，也分一片肉吃。我也不怕；雖然不吃人，膽子卻比他們還壯。伸出兩個拳頭看他如何下手。老頭子坐著，閉了眼睛，摸了好一會，呆了好一會；便張開他鬼眼睛說，「不要亂想。靜靜的養幾天，就好了。」

不要亂想，靜靜的養！養肥了，他們是自然可以多吃；我有什麼好處，怎麼會「好了」？他們這群人，又想吃人，又是鬼鬼祟祟，想法子遮掩，不敢直接下手，真要令我笑死。我忍不住，便放聲大笑起來，十分快活。自己曉得這笑聲裡面，有的是義勇和正氣。老頭子和大哥，都失了色，被我這勇氣正氣鎮壓住了。

但是我有勇氣，他們便越想吃我，沾光一點這勇氣。老頭子跨出門，走不多遠，便低聲對大哥說道，「趕緊吃罷！」大哥點點頭。原來也有你！這一件大發現，雖似意外，也在意中：合夥吃我的人，便是我的哥哥！

吃人的是我哥哥！

我是吃人的人的兄弟！

我自己被人吃了，可仍然是吃人的人的兄弟！

五

這幾天是退一步想：假使那老頭子不是劊子手扮的，真是醫生，也仍然是吃人的人。他們的祖師李時珍做的「本草什麼⑧」上，明明寫著人肉可以煎吃；他還能說自己不吃人麼？

至於我家大哥，也毫不冤枉他。他對我講書的時候，親口說過可以「易子而食⑨」；又一回偶然議論起一個不好的人，他便說不但該殺，還當「食肉寢皮⑩」。我那時年紀還小，心跳了好半天。前天狼子村佃戶來說吃心肝的事，他也毫不奇怪，不住的點頭。可見心思是同從前一樣狠。既然可以「易子而食」，便什麼都易得，什麼人都吃得。我從前單聽他講道理，也胡塗過去；現在曉得他講道理的時候，不但唇邊還抹著人油，而且心裡裝滿著吃人的意思。

六

黑漆漆的，不知是日是夜。趙家的狗又叫起來了。

獅子似的凶心，兔子的怯弱，狐狸的狡猾，……

七

我曉得他們的方法，直接殺了，是不肯的，而且也不敢，怕有禍祟。所以他們大家連絡，布滿了羅網，逼我自戕[11]。試看前幾天街上男女的樣子，和這幾天我大哥的作為，便足可悟出八九分了。最好是解下腰帶，掛在樑上，自己緊緊勒死；他們沒有殺人的罪名，又償了心願，自然都歡天喜地的發出一種嗚嗚咽咽的笑聲。否則驚嚇憂愁死了，雖則略瘦，也還可以首肯幾下。

他們是只會吃肉的！——記得什麼書上說，有一種東西，叫「海乙那[12]」的，眼光和樣子都很難看；時常吃死肉，連極大的骨頭，都細細嚼爛，嚥下肚子去，想起來也教人害怕。「海乙那」是狼的親眷，狼是狗的本家。前天趙家的狗，看我幾眼，可見他也同謀，早已接洽。老頭子眼看著地，豈能瞞得我過。

最可憐的是我的大哥，他也是人，何以毫不害怕；而且合夥吃我呢？還是歷來慣了，不以為非呢？還是喪了良心，明知故犯呢？

我詛咒吃人的人，先從他起頭；要勸轉吃人的人，也先從他下手。

八

其實這種道理，到了現在，他們也該早已懂得，……

忽然來了一個人；年紀不過二十左右，相貌是不很看得清楚，滿面笑容，對了我點頭，他的笑也不像真笑。我便問他，「吃人的事，對麼？」他仍然笑著說，「不是荒年，怎麼會吃人。」我立刻就曉得，他也是一夥，喜歡吃人的；便自勇氣百倍，偏要問他。

「對麼？」

「這等事問他什麼。你真會……說笑話。……今天天氣很好。」

天氣是好，月色也很亮了。可是我要問你，「對麼？」

他不以為然了。含含糊糊的答道，「不……」

「不對？他們何以竟吃！？」

「沒有的事……」

「沒有的事？狼子村現吃；還有書上都寫著，通紅嶄新！」

他便變了臉，鐵一般青。睜著眼說，「也許有的，這是從來如此……」

「從來如此，便對麼？」

「我不同你講這些道理；總之你不該說，你說便是你錯！」

我直跳起來，張開眼，這人便不見了。全身出了一大片汗。他的年紀，比我大哥小得遠，居然也是一夥；這一定是他娘老子先教的。還怕已經教給他兒子了；所以連小孩子，也都惡狠狠的看我。

九

自己想吃人，又怕被別人吃了，都用著疑心極深的眼光，面面相覷。……

去了這心思，放心做事走路吃飯睡覺，何等舒服。這只是一條門檻，一個關頭。他們可是父子兄弟夫婦朋友師生仇敵和各不相識的人，都結成一夥，互相勸勉，互相牽掣，死也不肯跨過這一步。

十

大清早，去尋我大哥，他立在堂門外看天，我便走到他背後，攔住門，格外沉靜，格外和氣的對他說，「大哥，我有話告訴你。」

「你說就是，」他趕緊回過臉來，點點頭。

「我只有幾句話，可是說不出來。大哥，大約當初野蠻的人，都吃過一點人。後來因為心思不同，有的不吃人了，一味要好，便變了人，變了真的人。有的卻還吃，——也同蟲子一樣，有的變了魚鳥猴子，一直變到人。有的不要好，至今還是蟲子。這吃人的人比不吃人的人，何等慚愧。怕比蟲子的慚愧猴子，還差得很遠很遠。

易牙[13]蒸了他兒子，給桀紂吃，還是一直從前的事。誰曉得從盤古開天闢地以後，一直吃到易牙的兒子；從易牙的兒子，一直吃到徐錫林[14]；從徐錫林，又一直吃到狼子村捉住的人。去年城裡殺了犯人，還有一個生癆病的人，用饅頭蘸血舐。

他們要吃我，你一個人，原也無法可想；然而又何必去入夥。吃人的人，什麼事做不出；他們會吃我，也會吃你，一夥裡面，也會自吃。但只要轉一步，只要立刻改了，也就人人太平。雖然從來如此，我們今天也可以格外要好，說是不能！大哥，我相信你能說，前天佃戶要減租，你說過不能。」

當初，他還只是冷笑，隨後眼光便凶狠起來，一到說破他們的隱情，那就滿臉都變成青色了。大門外立著一夥人，趙貴翁和他的狗，也在裡面，都探頭探腦的挨進來。有的是看不出面貌，似乎用布蒙著；有的是仍舊青面獠牙，抿著嘴笑。我認識他們是一夥，都是吃人的人。可是也曉得他們心思很不一樣，一種是以為從來如此，應該吃的；一種是知道不該吃，可是仍然要吃，又怕別人說破他，所以聽了我的話，越發氣憤不過，可是抿著嘴冷笑。

這時候，大哥也忽然顯出凶相，高聲喝道，

「都出去！瘋子有什麼好看！」

這時候，我又懂得一件他們的巧妙了。他們豈但不肯改，而且早已布置；預備下一個瘋子的名目罩上我。將來吃了，不但太平無事，怕還會有人見情。佃戶說的大家吃了一個惡人，正是這方法。這是他們的老譜！

陳老五也氣憤憤的直走進來。如何按得住我的口，我偏要對這夥人說，

「你們可以改了，從真心改起！要曉得將來容不得吃人的人，活在世上。

你們要不改，自己也會吃盡。即使生得多，也會給真的人除滅了，同獵人打完狼子一樣！——同蟲子一樣！」

那一夥人，都被陳老五趕走了。大哥也不知那裡去了。陳老五勸我回屋子裡去。屋裡面全是黑沉沉的。橫樑和椽子都在頭上發抖；抖了一會，就大起來，堆在我身上。

萬分沉重，動彈不得；他的意思是要我死。我曉得他的沉重是假的，便掙扎出來，出了一身汗。可是偏要說，

「你們立刻改了，從真心改起！你們要曉得將來是容不得吃人的人，……」

十一

太陽也不出，門也不開，日日是兩頓飯。

我捏起筷子，便想起我大哥；曉得妹子死掉的緣故，也全在他。那時我妹子才五歲，可愛可憐的樣子，還在眼前。母親哭個不住，他卻勸母親不要哭；大約因為自己吃了，哭起來不免有點過意不去。如果還能過意不去，……

妹子是被大哥吃了，母親知道沒有，我可不得而知。

母親想也知道；不過哭的時候，卻並沒有說明，大約也以為應當的了。記得我四、五歲時，坐在堂前乘涼，大哥說爹娘生病，做兒子的須割下一片肉來⑮，煮熟了請他吃，

才算好人；母親也沒有說不行。一片吃得，整個的自然也吃得。但是那天的哭法，現在想起來，實在還教人傷心，這真是奇極的事！

十二

不能想了。

四千年來時時吃人的地方，今天才明白，我也在其中混了多年；大哥正管著家務，妹子恰恰死了，他未必不和在飯菜裡，暗暗給我們吃。

我未必無意之中，不吃了我妹子的幾片肉，現在也輪到我自己，……

有了四千年吃人履歷的我，當初雖然不知道，現在明白，難見真的人！

十三

沒有吃過人的孩子，或者還有？

救救孩子……

發表於一九一八年四月

注釋

①**昆仲** 兄弟的意思。

②**漸闕** 逐漸缺少。闕，通「缺」。

③**候補** 清代官制。通過科舉或捐納等途徑取得官銜，但還沒有實際職務的中下級官員，由吏部抽籤分發到某部或某省，聽候委用，稱為候補。

④**蓋迫害狂** 蓋，大概。迫害狂，一種精神病，患者常有被人迫害的幻覺。

⑤**識** 在這裡是「記」的意思。

⑥**他** 第三人稱代名詞，這裡指的是月光。當時的白話文裡還沒有區分指代事物的「它」，使用「他」字代替。

⑦**古久先生的陳年流水簿子** 這裡用來比喻中國封建制度的幾千年歷史。

⑧**本草什麼** 指《本草綱目》，明代醫學家李時珍（一五一八—一五九三）的藥物學著作，共五十二卷。該書中曾提到唐代陳藏器《本草拾遺》中以人肉醫治癆病的記載，對此並且表示異議。這裡說李時珍的書上「明明寫著人肉可以煎吃」，應是狂人的胡言亂語。

⑨**易子而食** 形容饑荒時期為了活命，與別人交換幼兒作為食糧；是為人間慘劇。語出《左傳》宣公十五年，是宋將對楚將敘說宋國都城被楚軍圍困時的慘狀：「敝邑易子而食，析骸以爨。」

⑩**食肉寢皮** 比喻銜恨思報之深。典故出自《左傳》襄公二十一年，晉國州綽對齊莊公說：「然二子者，譬於禽獸，臣食其肉而寢處其皮矣。」

⑪**自戕** 自殘、自殺。戕，殺害、傷害的意思。

⑫**海乙那** 英語 Hyena 的音譯。一種嗜肉的獵狗，常跟在獅虎等猛獸之後，撿牠們吃剩的獸類屍體。

⑬**易牙** 春秋時代齊國人，善於烹飪。據《管子・小稱》篇記載，齊桓公說他沒有嘗過嬰兒的味道，為了巴結君王，易牙竟然把自己的兒子蒸煮了進獻。桀、紂分別是夏朝和商朝的最後一代君主，易牙和他們是不同時代的人，這裡用「易牙蒸了他兒子，給桀紂吃」，以便表達狂人錯亂的意識狀態。

⑭**徐錫林** 指徐錫麟（一八七三—一九〇七），字伯蓀，浙江紹興人。清末革命團體光復會的重要成員。一九〇七年與秋瑾準備在浙、皖兩省同時起義；七月六日，他以安徽巡警處會

辦兼巡警學堂監督身分為掩護，乘學堂舉行畢業典禮的機會刺死安徽巡撫恩銘，率領學生攻占軍械局，彈盡被捕，當日慘遭殺害，心肝被恩銘的衛隊挖出炒食。

⑮ **爹娘生病，做兒子的須割下一片肉來** 指「割股療親」，即割取自己的肉來煎藥，以醫治父母的重病。《宋史・選舉志一》記載：「上以孝取人，則勇者割股，怯者廬墓。」這是封建社會的一種愚孝行為。

賞析

〈狂人日記〉是中國現代文學史上第一篇猛烈抨擊「吃人」的封建禮教的作品。小說裡所謂的「吃人」，指的是在中國社會裡延續了幾千年的封建道統，它打著仁義道德的旗號，以扼殺人性的禮教制度以及倫理綱常來迫害人性、毀滅人性。作者魯迅藉由主角狂人的話，試圖揭露根深蒂固的封建罪惡本質，因此小說中對封建統治者欺騙性的吃人權術多有暗示。例如，日記裡寫道：「我還記得大哥教我做論，無論怎樣好人，翻他幾句，他便打上幾個圈；原諒壞人幾句，他便說『翻天妙手，與眾不同。』」這裡其實就是暗諷封建統治者若是要誣陷賢良，或者替惡人辯護，常常採取捏造事實、不辨是非的伎倆。並且千方百計地以此迷惑民眾，希望置人於「被吃」的處境，或者希望表彰「吃人者」為好人。這種顛倒是非、不分黑白的行徑，正是封建制度的「吃人」罪證。

〈狂人日記〉主要是擷錄狂人的十三則略具聯繫的日記片段而成，日記內容雖然散亂，卻也很巧妙地構成一則充分展現人物內心活動的故事。這篇小說沒有清楚連貫的情節，雖然是以寫實筆法為基礎，卻同時運用象徵技巧，讓故事能夠產生更豐富的意義。

簡單地說，小說一方面以寫實的筆法刻畫出一個活生生的狂人，其言行舉止、內心活動無不處處切合於一個「被害妄想症」的精神病人的特點；另一方面，在如實地描寫這個狂人的行為、狀態的同時，又在關鍵性的地方有所象徵、寄予寓託。作者把現實世界裡難以被一般大眾所理解和接受的先覺者、改革者轉化為狂人的形象，藉由狂人的想法來呈現以及凸顯反傳統者的改革理念。並且將傳統家族制度與封建禮教的弊害，提煉濃縮為「吃人」的意象與象徵。

魯迅寫作〈狂人日記〉的當時，一場以徹底的反封建為基本精神的新文化運動正在展開。因此，狂人的瘋言瘋語其實不斷地在刺激讀者，引發讀者對當時的社會歷史狀態的感悟。雖然讀來令人心驚，但是它達到了某種振聾發聵的效果。小說裡的這個狂人，何嘗不是一個清醒者，他的清醒就在於他能夠察覺到一個「吃人的世界」正在自己的面前展開。日記裡有一段寫道：「我翻開歷史一查，這歷史沒有年代，歪歪斜斜的每頁上都寫著『仁義道德』幾個字。我橫豎睡不著，仔細看了半夜，才從字縫裡看出字來，滿本都寫著兩個字是『吃人』！」到處都有遵循與維持封建體制的吃人者的目光，隨時都能夠聽到他們密謀的聲音，而且吃人的封建體制還在繼續不斷地擴散。這篇小說的題目借用了俄國作家果戈理〈狂人日記〉的篇名，魯迅後來曾對此作過解釋，認為自己所寫的〈狂人日記〉「意在暴露家族制度和禮教的弊害」。我們從狂人口中所呼喊的：「你們立刻改了，從真心改起！你們要曉得將來是容不得吃人的人，……」，「沒有吃過人的孩子，或者還有？救救孩子……」，確實能強烈感受到魯迅的吶喊與憂憤。

孔乙己

魯鎮的酒店的格局[1]，是和別處不同的：都是當街一個曲尺形[2]的大櫃臺，櫃裡面預備著熱水，可以隨時溫酒[3]。做工的人，傍午傍晚散了工，每每花四文銅錢，買一碗酒，——這是二十多年前的事，現在每碗要漲到十文，——靠櫃外站著，熱熱的喝了休息；倘肯多花一文，便可以買一碟鹽煮筍，或者茴香豆，做下酒物了，如果出到十幾文，那就能買一樣葷菜，但這些顧客，多是短衣幫[4]，大抵沒有這樣闊綽。只有穿長衫的[5]，才踱進店面隔壁的房子裡，要酒要菜，慢慢地坐喝。

我從十二歲起，便在鎮口的咸亨酒店裡當伙計，掌櫃說，樣子太傻，怕侍候不了長衫主顧，就在外面做點事罷。外面的短衣主顧，雖然容易說話，但嘮嘮叨叨纏夾不清的也很不少。他們往往要親眼看著黃酒從罈子裡舀出，看過壺子底裡有水沒有，又親看將壺子放在熱水裡，然後放心：在這嚴重監督之下，羼水[6]也很為難。所以過了幾天，掌櫃又說我幹不了這事。幸虧薦頭[7]的情面大，辭退不得，便改為專管溫酒的一種無聊職務了。

我從此便整天的站在櫃臺裡，專管我的職務。雖然沒有什麼失職，但總覺有些單調，有些無聊。掌櫃是一副凶臉孔，主顧也沒有好聲氣，教人活潑不得；只有孔乙己到店，才可以笑幾聲，所以至今還記得。

孔乙己是站著喝酒而穿長衫的唯一的人。他身材很高大；青白臉色，皺紋間時常夾些傷痕；一部亂蓬蓬的花白的鬍子。穿的雖然是長衫，可是又髒又破，似乎十多年沒有補，也沒有洗。他對人說話，總是滿口之乎者也[8]，教人半懂不懂的。因為他姓孔，別人便從描紅紙[9]上的「上大人孔乙己」這半懂不懂的話裡，替他取下一個綽號，叫作孔乙己。孔乙己一到店，所有喝酒的人便都看著他笑，有的叫道，「孔乙己，你臉上又添上新傷疤了！」他不回答，對櫃裡說，「溫兩碗酒，要一碟茴香豆。」便排出九文大錢。他們又故意的高聲嚷道，「你一定又偷了人家的東西了！」孔乙己睜大眼睛說，「你怎麼這樣憑空汙人清白[10]……」「什麼清白？我前天親眼見你偷了何家的書，吊著打。」孔乙己便漲紅了臉，額上的青筋條條綻出，爭辯道，「竊書不能算偷[11]……竊書！……讀書人的事，能算偷麼？」接連便是難懂的話，什麼「君子固窮[12]」，什麼「者乎」之類，引得眾人都哄笑起來；店內外充滿了快活的空氣。

聽人家背地裡談論，孔乙己原來也讀過書，但終於沒有進學[13]，又不會營生；於是愈過愈窮，弄到將要討飯了。幸而寫得一筆好字，便替人家抄抄書，換一碗飯吃。可惜他又有一樣壞脾氣，便是好喝懶做。坐不到幾天，便連人和書籍紙張筆硯，一齊失蹤。如是幾次，叫他抄書的人也沒有了。孔乙己沒有法，便免不了偶然做些偷竊的事。但他在我們店裡，品行卻比別人都好，就是從不拖欠；雖然間或沒有現錢，暫時記在粉板上，但不出一月，定然還清，從粉板上拭去了孔乙己的名字。

孔乙己喝過半碗酒，漲紅的臉色漸漸復了原，旁人便又問道，「孔乙己，你當真認識字麼？」孔乙己看著問他的人，顯出不屑置辯[14]的神氣。他們便接著說道：「你怎的連半個秀才也撈不到呢？」孔乙己立刻顯出頹唐[15]不安模樣，臉上籠上了一層灰色，嘴裡說些話；這回可是全是之乎者也之類，一些不懂了。在這時候，眾人也都哄笑起來；店內外充滿了快活的空氣。

在這些時候，我可以附和著笑，掌櫃是決不責備的。而且掌櫃見了孔乙己，也每每這樣問他，引人發笑。孔乙己自己知道不能和他們談天，便只好向孩子說話。有一回對我說道，「你讀過書麼？」我略略點一點頭。他說，「讀過書，……我便考你一考。茴香豆的茴字，怎樣寫的？」我想，討飯一樣的人，也配考我麼？便回過臉去，不再理會。孔乙己等了許久，很懇切的說道，「不能寫罷？……我教給你，記著！這些字應該記著。將來做掌櫃的時候，寫賬要用。」我暗想我和掌櫃的等級還很遠呢，而且我們掌櫃也從不將茴香豆上賬；又好笑，又不耐煩，懶懶的答他道，「誰要你教，不是草頭底下一個來回的回字麼？」孔乙己顯出極高興的樣子，將兩個指頭的長指甲敲著櫃臺，點頭說，「對呀對呀！……回字有四樣寫法，[16]你知道麼？」我愈不耐煩了，噘著嘴走遠。孔乙己剛用指甲蘸了酒，想在櫃上寫字，見我毫不熱心，便又嘆一口氣，顯出極惋惜的樣子。

有幾回，鄰舍孩子聽得笑聲，也趕熱鬧，圍住了孔乙己。他便給他們茴香豆吃，一人一顆。孩子吃完豆，仍然不散，眼睛都望著碟子。孔乙己著了慌，伸開五指將碟子罩住，彎腰下去說道：「不多了，我已經不多了。」直起身又看一看豆，自己搖頭說，「不多不多！多乎哉？不多也。[17]」於是這一群孩子都在笑聲裡走散了。

孔乙己是這樣的使人快活，可是沒有他，別人也便這麼過。

有一天，大約是中秋前的兩三天，掌櫃正在慢慢的結賬，取下粉板，忽然說，「孔乙己長久沒有來了。還欠十九個錢呢！」我才也覺得他的確長久沒有來了。一個喝酒的人說道，「他怎麼會來？……他打折了腿了。」掌櫃說，「哦！」「他總仍舊是偷。這一回，是自己發昏，竟偷到丁舉人家裡去了。他家的東西，偷得的麼？」「後來怎麼樣？」「怎麼樣？先寫服辯⑱，後來是打，打了大半夜，再打折了腿。」「後來呢？」「後來打折了腿了。」「打折了怎樣呢？」「怎樣？……誰曉得？許是死了。」掌櫃也不再問，仍然慢慢的算他的賬。

中秋過後，秋風是一天涼比一天，看看將近初冬；我整天的靠著火，也須穿上棉襖了。一天的下半天，沒有一個顧客，我正合了眼坐著。忽然間聽得一個聲音，「溫一碗酒。」這聲音雖然極低，卻很耳熟。看時又全沒有人。站起來向外一望，那孔乙己便在櫃臺下對了門檻坐著。他臉上黑而且瘦，已經不成樣子；穿一件破夾襖，盤著兩腿，下面墊一個蒲包，用草繩在肩上掛住；見了我，又說道，「溫一碗酒。」掌櫃也伸出頭去，一面說，「孔乙己麼？你還欠十九個錢呢？」孔乙己很頹唐的仰面答道，「這……下回還清罷。這一回是現錢，酒要好。」掌櫃仍然同平常一樣，笑著對他說，「孔乙己，你又偷了東西了！」但他這回卻不十分分辯，單說了一句「不要取笑！」「取笑？要是不偷，怎麼會打斷腿？」孔乙己低聲說道，「跌斷，跌，跌……」他的眼色，很像懇求掌櫃，不要再提。此時已經聚集了幾個人，便和掌櫃都笑了。我溫了酒，端出去，放在門檻上。他從破衣袋裡摸出四文大錢，放在我手裡，見他滿手是泥，原來他便用這手走來的。不一會，他喝完酒，便又在旁人的說笑聲中，坐著用這手慢慢走去了。

自此以後，又長久沒有看見孔乙己。到了年關，掌櫃取下粉板說，「孔乙己還欠十九個錢呢！」到第二年的端午，又說，「孔乙己還欠十九個錢呢！」到中秋可是沒有說，再到年關也沒有看見他。

我到現在終於沒有見——大約孔乙己的確死了。

發表於一九一九年四月

注釋

①**格局** 這裡是指布置的式樣。

②**曲尺形** 曲尺是木匠用的直角尺，以兩根木條組成一個直角。

③**溫酒** 把酒壺放在熱水裡加溫。

④**短衣幫** 指貧苦的勞動者，例如農夫、工人、小販，他們通常都是穿著短衫。

⑤**穿長衫的** 當時所謂的「上等人」都是穿長衫，在小鎮裡穿長衫的大抵是地主、商人和讀書人。

⑥**羼水** 在酒裡加水，當時的酒店常用這種手法來矇騙顧客，好多賺些錢。羼，攙混。

⑦**薦頭** 介紹人。

⑧**滿口之乎者也** 「之、乎、者、也」是文言文裡最常用的四個虛字。孔乙己因為愛用文言文的語句講話，所以小說裡的敘述者說他滿口之乎者也。

⑨**描紅紙** 一種印有紅色楷字，供孩童摹寫毛筆字用的字帖。舊時最通行的一種，印有「上大人孔乙己化三千七十士爾小生八九子佳作仁可知禮也」的文字，其筆劃簡單、三字一讀，文字字義卻似通非通。

⑩**憑空汙人清白**　毫無根據地汙蔑人。清白，指品行端正、沒有汙點。

⑪**竊書不能算偷**　這是孔乙己的狡辯。竊就是偷，竊較為文言；孔乙己不肯承認偷、卻承認是竊，以為竊比偷來得高尚些，這正足以說明他的迂腐程度。

⑫**君子固窮**　語見《論語・衛靈公》。「固窮」即「固守其窮」，不以窮困而改變操守的意思。

⑬**進學**　明清科舉制度，以童生考取生員叫進學。童生經過縣考初試，府考複試，再參加由學政主持的院考（道考），考取的列名府、縣學籍，稱為進學，也就是秀才。又規定每三年舉行一次鄉試（省一級考試），由秀才或監生應考，考中的便為舉人。

⑭**不屑置辯**　認為對方的話太不近情理，所以不願意與之爭辯。

⑮**頹唐**　精神委靡不振。

⑯**回字有四樣寫法**　回字通常只有三種寫法，即回、囘、囬；第四種極少見。孔乙己這樣說是故意表現自己讀過書，有學問。

⑰**多乎哉？不多也**　語出《論語・子罕》：「大宰問於子貢曰：『夫子聖者與？何其多能也！』子貢曰：『固天縱之將聖，又多能也。』子聞之，曰：『大宰知我乎？吾少也賤，故多能鄙事。』君子多乎哉？不多也。」小說在這裡與原出處的意義無關，只是用來表示

「多嗎？不多了」的意思。孔乙己硬是搬來套用，再次表現了他的迂腐。

⑱**服辯** 又作伏辯。罪犯自認過失，甘願服罪的文書，猶如現今的自白書。

賞析

〈孔乙己〉是魯迅繼〈狂人日記〉之後發表的第二篇短篇小說，寫的是一個舊式知識分子的落魄遭遇與悲慘結局，目的在於揭露封建傳統及其科舉制度所造成的社會弊病。小說裡的主角孔乙己，可以說是封建社會的殉葬者，他被科舉制度毀了一生，卻至死也不曾覺悟。孔乙己考不上秀才，又沒有其他的營生能力，後來漸漸染上偷竊的惡習。他好喝懶做，所以即使是去偷竊而被人打斷雙腿，也拼了命地要爬到酒店來喝酒。他的思想迂腐，把日常生活裡不會用到的字視為是高深的學問知識，因此酒店裡的客人、小伙計甚至鄰家小孩都忍不住要嘲笑他。我們可以看到，身材十分高大卻處處顯得慌張卑微的孔乙己，我們也不難發現，他雖然滿嘴四書五經卻是思想空虛。

這篇小說巧妙地運用對比的藝術效果，來凸顯科舉制度對傳統知識分子的影響與毒害。就連主角的外形樣貌，都跟他的行為、遭遇形成鮮明的反差。例如，孔乙己穿的是長衫，「可是又髒又破，似乎十多年沒有補，也沒有洗。」孔乙己雖然是滿腹詩書的知識分子，他的長衫顯然是要表現他的身分地位，與那些穿著短衣的勞動階層有所區隔，

然而實際上，孔乙己早已跌落到貧困潦倒的社會底層，只是他不肯面對事實，仍舊自詡為優越的讀書人。因此儘管長衫早已髒破不堪，他仍然穿著它。孔乙己的長衫，時時提醒讀者注意到他在現實生活裡的困窘境況，還有他始終麻木不仁的病態心理。

小說的敘述者「我」，是一個年僅十二歲的酒店小伙計；因為是透過一位小孩來述說孔乙己的遭遇，使得故事特別自然生動。小伙計所看到的、講述的，不過就是發生在小酒店裡的幾個生活場景，並且那些場景是充滿歡笑的氣氛。即使是孔乙己被人打斷腿，用手走來店裡喝酒，別的客人還是一陣的喧譁取笑，絲毫沒有同情可憐的意思。但是，正是在那熱鬧聲中，我們更能強烈感受到孔乙己他那無以挽救的悲劇命運。

一件小事

我從鄉下跑到京城裡，一轉眼已經六年了。其間耳聞目睹的所謂國家大事，①算起來也很不少；但在我心裡，都不留什麼痕跡，倘要我尋出這些事的影響來說，便只是增長了我的壞脾氣，——老實說，便是教我一天比一天的看不起人。

但有一件小事，卻於我有意義，將我從壞脾氣裡拖開，使我至今忘記不得。

這是民國六年的冬天，大北風颳得正猛，我因為生計關係，②不得不一早在路上走。一路幾乎遇不見人，好容易才雇定了一輛人力車，教他拉到S門去。不一會，北風小了，路上浮塵早已颳淨，剩下一條潔白的大道來，車夫也跑得更快。剛近S門，忽而車把上帶著一個人，慢慢地倒了。

跌倒的是一個女人，花白頭髮，衣服都很破爛。伊從馬路邊上突然向車前橫截過來；車夫已經讓開道，但伊的破棉背心沒有上扣，微風吹著，向外展開，所以終於兜著車把。幸而車夫早有點停步，否則伊定要栽一個大觔斗，跌到頭破血出了。

伊伏在地上；車夫便也立住腳。我料定這老女人並沒有傷，又沒有別人看見，便很怪他多事，要自己惹出是非，也誤了我的路。

我便對他說，「沒有什麼的。走你的罷！」

車夫毫不理會，——或者並沒有聽到，——卻放下車子，扶那老女人慢慢起來，攙著臂膊立定，問伊說：

「你怎麼啦？」

「我摔壞了。」

我想，我眼見你慢慢倒地，怎麼會摔壞呢，裝腔作勢罷了，這真可憎惡。車夫多事，也正是自討苦吃，現在你自己想法去。

車夫聽了這老女人的話，卻毫不躊躇，仍然攙著伊的臂膊，便一步一步的向前走。我有些詫異，忙看前面，是一所巡警分駐所，大風之後，外面也不見人。這車夫扶著那老女人，便正是向那大門走去。

我這時突然感到一種異樣的感覺，覺得他滿身灰塵的後影，剎時高大了，而且愈走愈大，須仰視才見。而且他對於我，漸漸的又幾乎變成一種威壓，甚而至於要榨出皮袍下面藏著的「小」來。③

我的活力這時大約有些凝滯了，坐著沒有動，也沒有想，直到看見分駐所裡走出一個巡警，才下了車。

巡警走近我說，「你自己雇車罷，他不能拉你了。」

我沒有思索的從外套袋裡抓出一大把銅元，交給巡警，說，「請你給他……」

風全住了，路上還很靜。我走著，一面想，幾乎怕敢想到我自己。以前的事姑且擱起，這一大把銅元又是什麼意思？獎他麼？我還能裁判車夫麼？我不能回答自己。

這事到了現在，還是時時記起。我因此也時時熬了苦痛，努力的要想到我自己。幾年來的文治武力④，在我早如幼小時候所讀過的「子曰詩云」⑤一般，背不上半句了。獨有這一件小事，卻總是浮在我眼前，有時反更分明，教我慚愧，催我自新，並且增長我的勇氣和希望。

發表於一九一九年十二月

注釋

①**國家大事**　指辛亥革命後的幾年間所發生的重要事件，例如袁世凱稱帝、張勳復辟以及各派軍閥混戰等等。辛亥革命雖然推翻清代封建皇朝的統治，建立了中華民國，但是整個中國卻形成軍閥割據的局面。許多軍閥勾結外邦、爭權奪利、欺壓善良百姓；另外還有不少官僚甚至是知識分子作為軍閥的幫兇。這篇小說裡的敘述者對於如此混亂的時局非常地憤慨，因此說道，這些事只是助長了他的壞脾氣，使他越來越看不起人。

②**因為生計關係**　為了生活的緣故。

③**要榨出皮袍下面藏著的小來**　敘述者在前面說，他覺得車夫的背影剎那間高大了起來……他會有這樣的感覺，是因為他在車夫身上看到了勞動者的高貴人格。與車夫相比，他覺得自己怪罪車夫多事、怕耽擱了自己的路、認為老女人是裝腔作勢，這些想法都顯得自己的卑鄙渺小。榨出，小說在這裡是用來強調車夫的行為、人品帶給敘述者的壓力。

④**文治武力**　原是指政治方面與軍事方面的功績。這裡指的是文章一開頭所說的「所謂國家大事」，將之稱為「文治武力」，是用來諷刺當時各派軍閥所採取的政治措施以及相互之間

的戰爭。

⑤**子曰詩云** 子曰，即「夫子說」。詩云，即「《詩經》上說」。這裡是指舊時學塾的初級讀物。

賞析

〈一件小事〉的內容簡單明確，主要是敘述「我」與車夫在街上遇到一位被撞到了的老婦人，而故事的重點就放在「我」和車夫看待這樣一件小事截然不同的態度。老婦人被撞倒了，責任並不在車夫身上，但是車夫見她倒在地上，便放下車子，上前去將老婦人扶起來，並且問她「你怎麼啦？」光是這幾個動作，就已經充分展現車夫正直善良的個性與關切弱者的熱情。相對地，「我」正是因為事不關己，所以催促車夫趕快走，以免多生事端。「我」對弱者的忽視冷漠、完全只有考慮自己的自私心理，與車夫濟弱扶傾的人格品行形成了強烈的對比。

魯迅通過這篇小說，把上層社會裡的知識分子與下層階級的車夫做一鮮明的對比，藉此強調品格的高下並非身分地位所決定，即使是勞動階層也可能會有一副比知識分子高尚的靈魂。值得注意的是，這篇小說裡的「我」，是一個有自覺能力的新知識分子，因此當他看到車夫的行為並且同時對比於自己的自私心理，他馬上勇於自我剖析與反省。甚至在後來還說：「我沒有思索的從外套袋裡抓出一大把銅元，交給巡警」，這個動作似乎是想要彌補自己的錯誤與愧欠，但是「我」又馬上自責起來：「這一大把銅元又是什麼意思？獎他麼？我還能裁判車夫麼？」因為車夫的高尚行為是無法用金錢來衡量它的價值的啊。

在中國文學傳統裡，英雄與帝王才是作為被頌揚的對象，然而，在〈一件小事〉裡，魯迅讚揚的卻是一位從事苦力勞動的人力車夫。魯迅塑造出勞動者的正面形象和高貴精神，並且也細膩地刻畫一位知識分子如何被車夫的行為所影響，進而增強他改革社會的勇氣與信心。雖然是一件發生在日常生活裡的平凡小事，卻是加倍鼓舞所有人從平凡小事中接受教育、在其他人身上汲取精神力量的氣度。

祝福

舊曆的年底畢竟最像年底，村鎮上不必說，就在天空中也顯出將到新年的氣象來。灰白色的沉重晚雲中間時時發出閃光，接著一聲鈍響，是送灶①的爆竹；近處燃放的可就更強烈了，震耳的大音還沒有息，空氣裡已經散滿了幽微的火藥香。我是正在這一夜回到我的故鄉魯鎮的。雖說故鄉，然而已沒有家，所以只得暫寓在魯四老爺的宅子裡。他是我的本家，比我長一輩，應該稱之曰「四叔」，是一個講理學②的老監生③。他比先前並沒有什麼大改變，單是老了些，但也還未留鬍子，一見面是寒暄，寒暄之後說我「胖了」，說我「胖了」之後，即大罵其新黨④。但我知道，這並非借題在罵我：因為他所罵的還是康有為⑤。但是，談話是總不投機⑥的了，於是不多久，我便一個人剩在書房裡。

第二天我起得很遲，午飯之後，出去看了幾個本家和朋友；第三天也照樣。他們也都沒什麼大改變，單是老了些；家中卻一律忙，都在準備著「祝福」。這是魯鎮年終的大典，致敬盡禮，迎接福神，拜求來年一年中的好運氣的。殺雞、宰鵝、買豬肉，用心細細的洗，女人的臂膊都在水裡浸得通紅，有的還帶著絞絲銀鐲子。煮熟之後，橫七豎八的插些筷子在這類東西上，可就稱為「福禮」了，五更天陳列起來，並且點上香燭，恭請福神們來享用；拜的卻只限於男人，拜完自然仍然是放爆竹。年年如此，家家如此，——只要買得起福禮和爆竹之類的，——今年自然也如此。天色愈陰暗了，下午竟下起雪來，雪花大的有梅花那麼大，滿天飛舞，夾著煙靄和忙碌的氣色，將魯鎮亂成一團糟。我回到四叔的書房裡時，瓦楞上已經雪白，房裡也映得較光明，極分明的顯出壁上掛著的朱拓[7]的大「壽」字，陳摶老祖[8]寫的；一邊的對聯已經脫落，鬆鬆的捲了放在長桌上，一邊的還在，道是「事理通達心氣和平」[9]。我又無聊賴的[10]到窗下的案頭去一翻，只見一堆似乎未必完全的《康熙字典》，一部《近思錄集注》[11]和一部《四書襯》[12]。無論如何，我明天決計要走了。

況且，一想到昨天遇見祥林嫂的事，也就使我不能安住。那是下午，我到鎮的東頭訪過一個朋友，走出來，就在河邊遇見她；而且見她瞪著的眼睛的視線，就知道明明是向我走來的。我這回在魯鎮所見的人們中，改變之大，可以說無過於她的了：五年前的花白的頭髮，即今已經全白，全不像四十上下的人；臉上瘦削不堪，黃中帶黑，而且消盡了先前悲哀的神色，彷彿是木刻似的；只有那眼珠間或一轉，還可以表示她是一個活物。她一手提著竹籃，內中一個破碗，空的；一手拄著一支比她更長的竹竿，下端開了裂：她分明已經純乎是一個乞丐了。

我就站住，預備她來討錢。

「你回來了？」她先這樣問。

「是的。」

「這正好。你是識字的，又是出門人，見識得多。我正要問你一件事——」她那沒有神采的眼睛忽然發光了。

我萬料不到她卻說出這樣的話來，詫異的站著。

「就是——」她走近兩步，放低了聲音，極祕密似的切切的說，「一個人死了之後，究竟有沒有靈魂的？」

我很悚然，一見她的眼睛盯著我的，背上也就遭了芒刺一般，比在學校裡遇到不及預防的臨時考，教師又偏是站在身旁的時候，惶急得多了。對於靈魂的有無，我自己是向來毫不介意的；但在此刻，怎樣回答她好呢？我在極短期的躊躇中，想，這裡的人照例相信鬼，然而她，卻疑惑了，——或者不如說希望：希望其有，又希望其無……。人

⑬

何必增添末路的人的苦惱，為她起見，不如說有罷。

「也許有罷，——我想。」我於是吞吞吐吐的說。

「那麼，也就有地獄了？」

「啊！地獄？」我很吃驚，只得支吾[14]著，「地獄？——論理，就該也有。然而也未必，……誰來管這等事……。」

「那麼，死掉的一家的人，都能見面的？」

「唉唉，見面不見面呢？……」這時我已知道自己也還是完全一個愚人，什麼躊躇，什麼計畫，都擋不住三句問。我即刻膽怯起來了，便想全翻過先前的話來，「那是，……實在，我說不清……。其實，究竟有沒有靈魂，我也說不清。」

我乘她不再緊接的問，邁開步便走，匆匆的逃回四叔的家中，心裡覺得不安逸。自己想，我這答話怕於她有些危險。她大約因為在別人的祝福時候，感到自身的寂寞了，然而會不會含有別的什麼意思的呢？——或者是有了什麼預感了？倘有別的意思，又因此發生別的事，則我的答話委實該負若干的責任……。但隨後也就自笑，覺得偶爾的事，本沒有什麼深意義，而我偏要細細推敲，正無怪教育家要說是生著神經病；而況明明說過「說不清」，已經推翻了答話的全局，即使發生什麼事，於我也毫無關係了。

「說不清」是一句極有用的話。不更事的勇敢的少年，往往敢於給人解決疑問，選定醫生，萬一結果不佳，大抵反成了怨府，[15]然而一用這說不清來做結束，便事事逍遙自在了。我在這時，更感到這一句話的必要，即使是和討飯的女人說話，也是萬不可省的。[16]

但是我總覺得不安，過了一夜，也仍然時時記憶起來，彷彿懷著什麼不祥的預感；在陰沉的雪天裡，在無聊的書房裡，這不安愈加強烈了。不如走罷，明天進城去。福興樓的清燉魚翅，一元一大盤，價廉物美，現在不知增價了否？往日同遊的朋友，雖然已經雲散，然而魚翅是不可不吃的，即使只有我一個……。無論如何，我明天決計要走了。

我因為常見些但願不如所料，以為未必竟如所料的事，卻每每恰如所料的起來，所以很恐怕這事也一律。果然，特別的情形開始了。傍晚，我竟聽到有些人聚在內室裡談話，彷彿議論什麼事似的，但不一會，說話聲也就止了，只有四叔且走而且高聲的說：

「不早不遲，偏偏要在這時候，——這就可見是一個謬種！」

我先是詫異，接著是很不安，似乎這話於我有關係。試望門外，誰也沒有。好容易待到晚飯前他們的短工來沖茶，我才得了打聽消息的機會。

「剛才，四老爺和誰生氣呢？」我問。

「還不是和祥林嫂？」那短工簡捷的說。

「祥林嫂？怎麼了？」我又趕緊的問。

「死了。」

「死了？」我的心突然緊縮，幾乎跳起來，臉上大約也變了色。但他始終沒有抬頭，所以全不覺。我也就鎮定了自己，接著問——

「什麼時候死的？」

「什麼時候？——昨天夜裡，或許就是今天罷。——我說不清。」

「怎麼死的？」

「怎麼死的？——還不是窮死的？」他淡淡的回答，仍然沒有抬頭向我看，出去了。

然而我的驚惶卻不過暫時的事，隨著就覺得要來的事，已經過去，並不必仰仗我自己的「說不清」和他之所謂「窮死的」的寬慰，心地已經漸漸輕鬆；不過偶然之間，還似乎有些負疚。晚飯擺出來了，四叔儼然的陪著。我也還想打聽些關於祥林嫂的消息，但知道他雖然讀過「鬼神者二氣之良能也」[17]，而忌諱仍然極多，當臨近祝福時候，是萬不可提起死亡疾病之類的話的；倘不得已，就該用一種替代的隱語，可惜我又不知道，因此屢次想問，而終於中止了。我從他儼然的臉色上，又忽而疑他正以為我不早不遲，偏要在這時候來打攪他，也是一個謬種，便立刻告訴他明天要離開魯鎮，進城去，趁早放寬了他的心。他也不很留。這樣悶悶的吃完了一餐飯。

冬季日短，又是雪天，夜色早已籠罩了全市鎮。人們都在燈下匆忙，但窗外很寂靜。雪花落在積得厚厚的雪褥上面，聽去似乎瑟瑟有聲，使人更加感得沉寂。我獨坐在發出黃光的菜油燈下，想，這百無聊賴的祥林嫂，被人們棄在塵芥堆中的，看得厭倦了的陳舊的玩物，先前還將形骸露在塵芥裡，從活得有趣的人們看來，恐怕要怪訝她何以還要存在，現在總算被無常[18]打掃得乾乾淨淨了。魂靈的有無，我不知道；然而在現世，則無聊生者不生，即使厭見者不見，為人為己，也還都不錯。我靜聽著窗處似乎瑟瑟作響的雪花聲，一面想，反而漸漸的舒暢起來。

然而先前所見所聞的她的半生事蹟的斷片，至此也聯成一片了。

她不是魯鎮人。有一年的冬初，四叔家裡要換女工，做中人的衛老婆子帶她進來了，頭上紮著白頭繩，烏裙，藍夾襖，月白背心，年紀大約二十六七，臉色青黃，但兩頰卻還是紅的。衛老婆子叫她祥林嫂，說是自己母家的鄰舍，死了當家人，所以出來做工了。四叔皺了皺眉，四嬸已經知道了他的意思，是在討厭她是一個寡婦。但看她模樣還周正，手腳都壯大，又只是順著眼，不開一句口，很像一個安分耐勞的人，便不管四叔的皺眉，將她留下了。試工期內，她整天的做，似乎閒著就無聊，又有力，簡直抵得過一個男子，所以第三天就定局，每月工錢五百文。

大家都叫她祥林嫂；沒有問她姓什麼，但中人是衛家山人，既說是鄰居，那大概也就姓衛了。她不很愛說話，別人問了才回答，答的也不多。直到十幾天之後，這才陸續的知道她家裡還有嚴厲的婆婆；一個小叔子，十多歲，能打柴了；她是春天沒了丈夫的；他本來也打柴為生，比她小十歲：大家所知道的就只是這一點。

日子很快的過去了，她的做工卻毫沒有懈，食物不論，力氣是不惜的。人們都說魯四老爺家裡僱著了女工，實在比勤快的男人還勤快。到年底，掃塵、洗地、殺雞、宰鵝，徹夜的煮福禮，全是一人擔當，竟沒有添短工。然而她反滿足，口角邊漸漸的有了笑影，臉上也白胖了。

新年才過，她從河邊淘米回來時，忽而失了色，說剛才遠遠的看見一個男人在對岸徘徊，很像夫家的堂伯，恐怕是正為尋她而來的。四嬸很驚疑，打聽底細，她又不說。四叔一知道，就皺一皺眉，道：

「這不好。恐怕她是逃出來的。」

她誠然是逃出來的，不多久，這推想就證實了。

此後大約十幾天，大家正已漸漸忘卻了先前的事，衛老婆子忽而帶了一個三十多歲的女人進來了，說那是祥林嫂的婆婆。那女人雖是山裡人模樣，然而應酬很從容，說話也能幹，寒暄之後，就賠罪，說她特來叫她的兒媳回家去，因為開春事務忙，而家中只有老的和小的，人手不夠了。

「既是她的婆婆要她回去，那有什麼話可說呢。」四叔說。

於是算清了工錢，一共一千七百五十文，她全存在主人家，一文也還沒有用，便都交給她的婆婆。那女人又取了衣服，道過謝，出去了。其時已經是正午。

「啊呀，米呢？祥林嫂不是去淘米的嗎？……」好一會，四嬸才驚叫起來。她大約有些餓，記得午飯了。

於是大家分頭尋淘籮。她先到廚下，次到堂前，後到臥房，全不見淘籮的影子。四叔踱出門外，也不見，直到河邊，才見平平正正的放在岸上，旁邊還有一株菜。

看見的人報告說，河裡面上午就泊了一隻白篷船，篷是全蓋起來的，不知道什麼人在裡面，但事前也沒有人去理會他。待到祥林嫂出來淘米，剛剛要跪下去，那船裡便突然跳出兩個男人來，像是山裡人，一個抱住她，一個幫著，拖進船去了。祥林嫂還哭喊著幾聲，此後便再也沒有什麼聲息，大約給用什麼堵住了罷。接著就走上兩個女人來，一個不認識，一個就是衛婆子。窺探船裡，不很分明，她像是捆了躺在船板上。

「可惡！然而……。」四叔說。

這一天是四嬸自己煮午飯；他們的兒子阿牛燒火。

午飯之後，衛老婆子又來了。

「可惡！」四叔說。

「你是什麼意思？虧你還會再來見我們。」四嬸洗著碗，一見面就憤憤的說，「你自己荐她來，又合夥劫她去，鬧得沸反盈天的[19]，大家看了成個什麼樣子？你拿我們家裡開玩笑麼？」

「啊呀啊呀，我真上當。我這回，就是為此特地來說說清楚的。她來求我荐地方，我那裡料得到是瞞著她的婆婆的呢。對不起，四老爺，四太太。總是我老發昏不小心，對不起主顧。幸而府上向來寬宏大量，不肯和小人計較的。這回我一定荐一個好的來折罪……。」

「然而……。」四叔說。

於是祥林嫂事件便告終結，不久也就忘卻了。

只有四嬸，因為後來僱用的女工，大抵非懶即饞，或者饞而且懶，左右不如意，所以也還提起祥林嫂。每當這些時候，她往往自言自語的說，「她現在不知道怎麼樣了？」意思是希望她再來。但到第二年的新正[20]，她也就絕了望。

新正將盡，衛老婆子來拜年了，已經喝得醉醺醺的，自說因為回了一趟衛家山的娘家，住下幾天，所以來得遲了。她們問答之間，自然就談到祥林嫂。

「她麼？」衛老婆子高興的說，「現在是交的好運了。她婆婆來抓她回去的時候，是早已許給了賀家墺的賀老六的，所以回家之後不幾天，也就裝在花轎裡抬去了。」

「啊呀，這樣的婆婆！……」四嬸驚奇的說。

「啊呀，我的太太！你真是大戶人家的太太的話。我們山裡人，小戶人家，這算得什麼？她有小叔子，也得娶老婆。不嫁了她，那有這一注錢來做聘禮？她的婆婆倒是精明強幹的女人啊，很有打算，所以就將她嫁到裡山去。倘許給本村人，財禮就不多；惟獨肯嫁進深山野墺裡去的女人少，所以她就到手了八十千[21]。現在第二個兒子的媳婦也娶進了，財禮只花了五十，除去辦喜事的費用，還剩十多千。嚇，你看，這多麼好打算？……」

「祥林嫂竟肯依？……」

「這有什麼依不依。——鬧是誰也總要鬧一鬧的；只要繩子一捆，塞在花轎裡，抬到男家，捺上花冠[22]，拜堂，關上房門，就完事了。可是祥林嫂真出格[23]，聽說那時實在鬧得厲害，大家還都說大約因為在念書人家做過事，所以與眾不同呢。太太，我們見得多了：回頭人[24]出嫁，哭喊的也有，說要尋死覓活的也有，抬到男家鬧得拜不成天地的也有，連花燭都砸了的也有。祥林嫂可是異乎尋常，他們說她一路只是嚎，罵，抬到賀家墺，喉嚨已經全啞了。拉出轎來，兩個男人和她的小叔使勁的擒住她也還拜不成天地。他們一不小心，一鬆手，啊呀，阿彌陀佛，她就一頭撞在香案角上，頭上碰了個大窟窿，鮮血直流，用了兩把香灰，包上兩塊紅布還止不住血呢。直到七手八腳的將她和男人反關在新房裡，還是罵，啊呀呀，這真是……。」她搖一搖頭，順下眼睛，不說了。

「後來怎麼樣呢。」四嬸還問。

「聽說第二天也沒有起來。」她抬起眼來說。

「後來呢？」

「後來？——起來了。她到年底就生了一個孩子，男的，新年就兩歲了。我在娘家這幾天，就有人到賀家墺去，回來說看見她們娘兒倆，母親也胖，兒子也胖；上頭又沒有婆婆；男人所有的是力氣，會做活；房子是自家的。——唉唉，她真是交了好運了。」

從此之後，四嬸也就不再提起祥林嫂。

但有一年的秋季，大約是得到祥林嫂好運的消息之後的又過了兩個新年，她竟又站在四叔家的堂前了。桌上放著一個荸薺式的圓籃，檐下一個小鋪蓋。她仍然頭上紮著白頭繩，烏裙，藍夾襖，月白背心，臉色青黃，只是兩頰上已經消失了血色，順著眼，眼角上帶些淚痕，眼光也沒有先前那樣精神了。而且仍然是衛老婆子領著，顯出慈悲模樣，絮絮的對四嬸說——

「……這實在是叫作『天有不測風雲』，她的男人是堅實人，誰知道年紀輕輕，就會斷送在傷寒上？本來已經好了的，吃了一碗冷飯，復發了。幸虧有兒子；她又能做，打柴摘茶養蠶都來得，本來還可以守著，誰知道那孩子又會給狼銜去呢？春天快完了，村上倒反來了狼，誰料到？現在她只剩一個光身了。大伯來收屋，又趕她。她真是走投無路了，只好來求老主人。好在她現在已經再也沒有什麼牽掛，太太家裡又湊巧要換人，所以我就領她來。——我想，熟門熟路，比生手實在好得多……。」

「我真傻，真的，」祥林嫂抬起她沒有神采的眼睛來，接著說。「我單知道下雪的時候野獸在山墺裡沒有食吃，會到村裡來；我不知道春天也會有。我一清早起來就開了門，拿小籃盛了一籃豆，叫我們的阿毛坐在門檻上剝豆去。他是很聽話的，我的話句句聽；他出去了。我就在屋後劈柴，淘米，米下了鍋，要蒸豆。我叫阿毛，沒有應，出去一看，只見豆子撒得一地，沒有我們的阿毛了。他是不到別家去玩的；各處去一問，果然沒有。我急了，央人出去尋。直到下半天，尋來尋去尋到山墺裡，看見刺柴上掛著他的一隻小鞋。大家都說，糟了，怕是遭了狼了。再進去；他果然躺在草窠裡，肚裡的五臟已經都給吃空了，手上還緊緊的捏著那隻小籃呢……」她接著但是嗚咽，說不出成句的話來。

四嬸起初還躊躇，待到聽完她自己的話，眼圈就有些紅了。她想了一想，便教拿圓籃和鋪蓋到下房去。衛老婆子彷彿卸了一肩重擔似的噓一口氣；祥林嫂比初來的時候神氣舒暢些，不待指引，自己馴熟的安放了鋪蓋。她從此又在魯鎮做女工了。

大家仍然叫她祥林嫂。

然而這一回，她的境遇卻改變得非常大。上工之後的兩三天，主人們就覺得她手腳已沒有先前一樣靈活，記性也壞得多，死屍似的臉上又整日沒有笑影，四嬸的口氣上，已頗有些不滿了。當她初到的時候，四叔雖然照例皺過眉，但鑑於向來僱用女工之難，也就並不大反對，只是暗暗地告誡四嬸說，這種人雖然似乎很可憐，但是敗壞風俗的，用她幫忙還可以，祭祀的時候可用不著她沾手，一切飯菜，只好自己做，否則，不乾不淨，祖宗是不吃的。

四叔家裡最重大的事件是祭祀，祥林嫂先前最忙的時候也就是祭祀，這回她卻清閑了。桌子放在堂中央，繫上桌帳，她還記得照舊的去分配酒杯和筷子。

「祥林嫂，你放著罷！我來擺。」四嬸慌忙的說。

她訕訕的縮了手，又去取燭臺。

「祥林嫂，你放著罷，我來拿。」四嬸又慌忙的說。

她轉了幾個圓圈，終於沒有事情做，只得疑惑的走開。她在這一天可做的事是不過坐在灶下燒火。

鎮上的人們也仍然叫她祥林嫂，但音調和先前很不同；也還和她講話，但笑容卻冷冷的了。她全不理會那些事，只是直著眼睛，和大家講她自己日夜不忘的故事——

「我真傻，真的，」她說。「我單知道雪天是野獸在深山裡沒有食吃，會到村裡來；我不知道春天也會有。我一大早起來就開了門，拿小籃盛了一籃豆，叫我們的阿毛坐在門檻上剝豆去。他是很聽話的孩子，我的話句句聽；他就出去了。我就在屋後劈柴，淘米，米下了鍋，打算蒸豆。我叫，『阿毛』，沒有應，出去一看，只見豆子撒得滿地，沒有我們的阿毛了。各處去一問，都沒有。我急了，央人去尋去。直到下半天，幾個人尋到山墺裡，看見刺柴上掛著一隻他的小鞋。大家都說，完了，怕是遭了狼了。再進去；果然，他躺在草窠裡，肚裡的五臟已經都給吃空了，可憐他手裡還緊緊的捏著那隻小籃呢。……」她於是淌下眼淚來，聲音也嗚咽了。

這故事倒頗有效，男人聽到這裡，往往斂起笑容，沒趣的走了開去；女人們卻不獨寬恕了她似的，臉上立刻改換了鄙薄的神氣，還要陪出許多眼淚來。有些老女人沒有在街頭聽到她的話，便特意尋來，要聽她這一段悲慘的故事。直到她說到嗚咽，她們也就一起流下那停在眼角上的眼淚，嘆息一番，滿足的去了，一面還紛紛的評論著。

她就只是反覆的向人說她悲慘的故事，常常引住了三五個人來聽她。但不久，大家也都聽得純熟了，便是最慈悲的念佛的老太太們，眼裡也再不見有一點淚的痕跡。後來全鎮的人們幾乎都能背誦她的話，一聽到就煩厭得頭痛。

「我真傻，真的，」她開首說。

「是的，你是單知道雪天野獸在深山裡沒有食吃，才會到村裡來的。」他們立即打斷她的話，走開去了。

她張著口怔怔的站著，直著眼睛看他們，接著也就走了，似乎自己也覺得沒趣。但她還妄想，希圖從別的事，如小籃、豆、別人的孩子上，引出她的阿毛的故事來。倘一看見兩三歲的小孩子，她就說：

「唉唉，我們的阿毛如果還在，也就有這麼大了。……」

孩子看見她的眼光就吃驚，牽著母親的衣襟催她走。於是又只剩下她一個，終於沒趣的也走了。後來大家又都知道了她的脾氣，只要有孩子在眼前，便似笑非笑的先問她，道：

「祥林嫂，你們的阿毛如果還在，不是也就有這麼大了麼？」

她未必知道她的悲哀經大家咀嚼賞鑑了許多天，早已成為渣滓，只值得煩厭和唾棄；但從人們的笑影上，也彷佛覺得這又冷又尖，自己再也沒有開口的必要了。她單是一瞥他們，並不回答一句話。

魯鎮永遠是過新年，臘月二十以後就忙起來了。四叔家裡這回雖僱男短工，還是忙不過來，另叫柳媽做幫手，殺雞，宰鵝，然而柳媽是善女人㉕，吃素，不殺生的，只肯洗器皿。祥林嫂除燒火之外，沒有別的事，卻閑著了，坐著只看柳媽洗器皿。微雪點點的下來了。

「唉唉，我真傻，」祥林嫂看了天空，嘆息著，獨語似的說。

「祥林嫂，你又來了。」柳媽不耐煩的看著她的臉，說。「我問你：你額角上的傷疤，不就是那時撞壞的麼？」

「唔唔。」她含糊的回答。

「我問你：你那時怎麼後來竟依了呢？」

「我麼？……」

「你呀。我想：這總是你自己願意了，不然……。」

「啊啊，你不知道他力氣多麼大呀。」

「我不信。我不信你這麼大的力氣，真會拗他不過。你後來一定是自己肯了，倒推說他力氣大。」

「啊啊，你……你倒自己試試看。」她笑了。

柳媽的打皺的臉也笑起來，使她蹙縮得像一個核桃；乾枯的小眼睛一看祥林嫂的額角，又釘住她的眼。祥林嫂似乎很侷促了，立刻斂了笑容，旋轉眼光，自去看雪花。

「祥林嫂你實在不合算。」柳媽詭祕的說。「再一強[26]，或者索性撞一個死，就好了。現在呢，你和你的第二個男人過活不到兩年，倒落了一件大罪名。你想，你將來到陰司[27]去，那兩個死鬼的男人還要爭，你給了誰好呢？閻羅大王只好把你鋸開來，分給他們。我想，這真是……。」

她臉上就顯出恐怖的神色來，這是在山村裡所未曾知道的。

「我想，你不如及早抵擋。你到土地廟裡去捐一條門檻，當作你的替身，給千人踏，萬人跨，贖了這一世的罪名，免得死了去受苦。」

她當時並不回答什麼話，但大約非常苦悶了，第二天早上起來的時候，兩眼上都圍著大黑圈。早飯之後，她便到鎮的西頭的土地廟裡去求捐門檻。廟祝[28]起初執意不允許，直到她急得流淚，才勉強答應了。價目是大錢十二千。

她久已不和人們交口，因為阿毛的故事是早被大家廢棄了的；但自從和柳媽談了天，似乎又即傳揚開去，許多人都發生了新趣味，又來逗她說話了。至於題目，那自然是換了一個新樣，專在她額上的傷疤。

「祥林嫂，我問你：你那時怎麼竟肯了？」一個說。

「唉，可惜，白撞了這一下。」一個看著她的疤，應和道。

她大約從他們的笑容和聲調上，也知道是在嘲笑她，所以總是瞪著眼睛，不說一句話，後來連頭也不回了。她整日緊閉了嘴唇，頭上帶著大家以為恥辱的記號的那傷痕，默默的跑街，掃地，洗菜，淘米。快夠一年，她才從四嬸手裡支取了歷來積存的工錢，換算了十二元鷹洋[29]，請假到鎮的西頭去。但不到一頓飯時候，她便回來，神氣很舒暢，眼光也分外有神，高興似的對四嬸說，自己已經在土地廟捐了門檻了。

冬至的祭祖時節，她做得更出力，看四嬸裝好祭品，和阿牛將桌子抬到堂屋中央，她便坦然的去拿酒杯和筷子。

「你放著罷，祥林嫂！」四嬸慌忙大聲說。

她像是受了炮烙[30]似的縮手，臉色同時變做灰黑，也不再去取燭臺，只是失神的站著。直到四叔上香的時候，教她走開，她才走開。這一回她的變化非常大，第二天，不但眼睛凹陷下去，連精神也更不濟了。而且很膽怯，不獨怕暗夜，怕黑影，即使看見人，雖是自己的主人，也總惴惴的，有如在白天出穴遊行的小鼠；否則呆坐著，直是一個木偶人。不半年，頭髮也花白起來了，記性尤其壞，甚而至於常常忘卻了去淘米。

「祥林嫂怎麼這樣了？倒不如那時不留她。」四嬸有時當面就這樣說，似乎是警告她。

然而她總如此，全不見有伶俐起來的希望。他們於是乎想打發她走了，教她回到衛老婆子那裡去。但當我還在魯鎮的時候，不過單是這樣說；看現在的情狀，可見後來終於實行了。然而她是從四叔家出去就成了乞丐的呢，還是先到衛老婆子家然後再成乞丐的呢？那我可不知道。

我給那些因為在近旁而極響的炮竹聲驚醒，看見豆一般大的黃色的燈火光，接著又聽到必必剝剝的鞭炮，是四叔家正在「祝福」了；知道已是五更將近時候。我在朦朧中，又隱約聽到遠處的爆竹聲連綿不斷，似乎合成一天音響的濃雲，夾著團團飛舞的雪花，擁抱了全市鎮。我在這繁響的擁抱中，也懶散而且舒適，從白天以至初夜的疑慮，全給祝福的空氣一掃而空了，只覺得天地聖眾歆享了牲醴和香煙[31]，都醉醺醺的在空中蹣跚，預備給魯鎮的人們以無限的幸福。

發表於一九二四年三月

注釋

①**送灶**　中國傳統民間習俗。農曆十二月二十四日為灶神升天的日子，在這一天或前一天祭送灶神，叫做送灶。

②**理學**　又稱道學。是宋代學者周敦頤、程顥、程頤、朱熹等人闡釋儒家學說而形成的思想體系。

③**監生**　在清代，全國最高的學校叫國子監，被保舉在國子監讀書的生員叫做監生。實際上，監生只是讀書人的一種資格，可以由皇帝恩賜，可以憑祖上的功勳取得，也可以花錢來買。做了監生，身分地位就提高了，不一定要到國子監讀書。

④**新黨**　這裡是指清末對於主張或傾向維新運動人士的稱呼。辛亥革命以後，也用來稱呼革命黨人以及擁護革命運動的人。

⑤**康有為**　清代改革的知識分子。他在清末曾主張君主立憲，因此被人稱做新黨。辛亥革命後，他企圖恢復清代封建皇朝的統治，早已不稱為「新黨」了。小說裡的魯四老爺罵新黨，罵的卻還是康有為，可見魯四老爺的無知和落後。

⑥ **不投機** 意見合不來。

⑦ **朱拓** 用銀朱等紅顏料從碑刻上拓下的文字或圖形。

⑧ **陳摶老祖** 根據《宋史・隱逸列傳》的記載，陳摶是五代人，因為科舉未曾及第，先後隱居武當山和華山修道，後人將他附會為「神仙」。老祖，祖師的意思。

⑨ **事理通達心氣和平** 是一副對聯的下聯，上聯應是「品節詳明德行堅定」。事理通達心氣和平，是教人要明白事理、心平氣和。

⑩ **無聊賴** 覺得沒有興趣、沒有意思。

⑪ **近思錄集注** 《近思錄》，宋代朱熹、呂祖謙編選，是一部理學入門書。清代茅星來、江永各有集注。

⑫ **四書襯** 清代駱培著，是一部解說《論語》、《孟子》、《大學》以及《中庸》的書。

⑬ **惶急** 又驚慌，又著急。

⑭ **支吾** 含含糊糊，吞吞吐吐的樣子。

⑮ **不更事** 社會經歷不多，不懂得人情世故。

⑯ **怨府** 怨恨集中的地方。

⑰**鬼神者二氣之良能也** 宋代理學家張載的話。意思是鬼神為陰陽二氣自然變化而成的。

⑱**無常** 佛家語。原指世間一切事物都在變異滅壞的過程中；後來引申為死的意思，也用作迷信傳說中勾攝生魂的使者的名稱。

⑲**沸反盈天** 形容人聲喧鬧吵雜，小說在這裡是指天翻地覆的意思。沸反，如沸水一般翻騰。盈天，滿天。

⑳**新正** 農曆新年正月。

㉑**八十千** 舊時以一千文錢為一貫或一吊，八十千即為八十貫或八十吊。

㉒**花冠** 舊時婦女結婚時戴的禮帽。

㉓**出格** 違反了常規。

㉔**回頭人** 舊時對再嫁的寡婦的輕蔑稱呼。

㉕**善女人** 佛家語，指信佛的女人。

㉖**強** 強硬不屈，固執。

㉗**陰司** 傳說中的陰間或陰間裡的官府。

㉘**廟祝** 在廟裡看守和管理香火的人。

㉙**鷹洋** 指墨西哥銀元，錢幣上鑄有鷹的圖樣。鴉片戰爭後曾大量流入中國，當時鷹洋要比中國鑄造的銀元價值高。

㉚**炮烙** 相傳為殷紂王時代的一種用燒紅的金屬刑具將人燙死的酷刑。這裡是燒燙的意思。

㉛**天地聖眾歆享了牲醴和香煙** 天地間的眾神享受了祭祀的肉酒和香火。歆，義同「享」，對神享受祭品的敬稱。牲，原是指稱祭祀用的牛、羊、豬三牲，後來也指各種祭祀用的肉類祭品。醴，祭祀用的酒類。

賞析

中國封建制度下的農村勞動婦女，她們的地位極低，無疑是處於社會最底層、飽受壓欺的一群。〈祝福〉裡的祥林嫂，就是這群悲劇人物的典型代表。這篇小說描寫她辛酸可憐的一生，揭露她的不幸與痛苦的根源，藉此具體表現傳統思想、封建制度對人性的荼毒與殘害。

祥林嫂吃苦耐勞、善良安分，她雖然過著被層層剝削的生活，卻很知足。儘管如此，殘酷的現實生活卻不斷地折磨她。祥林嫂一開始是被人許配給小她十歲的丈夫，後來丈夫死了，她又被厲害的婆婆轉賣給別人。祥林嫂改嫁後沒幾年，第二任丈夫也死了，不但如此，就連她唯一的兒子阿毛也死於非命。面對一連串厄運打擊的祥林嫂，其實是一直奮力地在抵抗命運的捉弄和擺布。她不願改嫁，卻在光天化日下讓夫家像綁牲口一般地給綁走；她的悲慘遭遇，別人拿來當閒話的題材；她為了替自己「贖罪」，耗盡積蓄到廟裡捐了一條門檻，可是所有的人仍然視她為不祥之物。這些都是封建制度的殘酷罪證，它對善良無知的勞動人民的壓迫，不僅使他們生活困頓、物質貧乏，並且還摧殘他們的精神，使他們惶惶終日、不得安寧。至於男尊女卑、婦女守節、從一而終的禮教條規，更是無時無刻地處處箝制著婦女。祥林嫂就是在這樣的環境底下受盡苦難與折磨。祥林嫂的人生悲劇雖然部分導因於她的愚昧無知，可是魯迅更要揭示的是整個中國社會的惡劣大環境對她悲慘遭遇的雪上加霜。

〈祝福〉和〈孔乙己〉相似，也是透過一位旁觀敘述者「我」來講述他的所見所聞。〈祥林嫂〉裡的敘述者「我」是一位有社會歷練、有反省與自覺能力的新知識分子；「我」對身處的社會環境非常厭惡，然而面對種種弊端和陋習，包括祥林嫂的不幸，「我」卻沒有任何改善或挽救的能力。社會的封閉以及箝制的思想，就好像一頭野獸般啃食著每一個人。小說選擇從一位知識分子的角度來觀察並且敘述整個故事，在敏銳指出封建社會的嚴重問題的同時，另外還增添更多的感慨與無奈。故事最後以濃厚諷刺意味的話作結語：「……我在這繁響的擁抱中，也懶散而且舒適，從白天以至初夜的疑慮，全給祝福的空氣一掃而空了，只覺得天地聖眾歆享了牲醴和香煙，都醉醺醺的在空中蹣跚，預備給魯鎮的人們以無限的幸福」。似乎，就連「我」也在炮竹聲中，暫時忘卻了可憐的祥林嫂、忘卻了「吃人」的封建猛獸。這些帶有自我嘲諷意味的話，充分透露出敘述者「我」的無奈心情。

傷逝——涓生的手記

如果我能夠，我要寫下我的悔恨和悲哀，為子君，為自己。

會館[1]裡的被遺忘在偏僻裡的破屋是這樣地寂靜和空虛。時光過得真快，我愛子君，仗著她逃出這寂靜和空虛，已經滿一年了。事情又這麼不湊巧，我重來時，偏偏空著的又只有這一間屋。依然是這樣的破窗，這樣的窗外的半枯的槐樹和老紫藤，這樣的窗前的方桌，這樣的敗壁，這樣的靠壁的板床。深夜中獨自躺在床上，就如我未曾和子君同居以前一般，過去一年中的時光全被消滅，全未有過，我並沒有曾經從這破屋子搬出，在吉兆胡同創立了滿懷希望的小小的家庭。

不但如此。在一年之前，這寂靜和空虛是並不這樣的，常常含著期待；期待子君的到來。在久待的焦躁中，一聽到皮鞋的高底尖觸著磚路的清響，是怎樣地使我驟然生動起來啊！於是就看見帶著笑渦的蒼白的圓臉，蒼白的瘦的臂膊，布的有條紋的衫子，玄色的裙。她又帶了窗外的半枯的槐樹的新葉來，使我看見，還有掛在鐵似的老幹上的一房一房的紫白的藤花。

然而現在呢，只有寂靜和空虛依舊，子君卻決不再來了，而且永遠，永遠地！……

子君不在我這破屋裡時，我什麼也看不見。在百無聊賴中，隨手抓過一本書來，科學也好，文學也好，橫豎什麼都一樣；看下去，看下去，忽而自己覺得，已經翻了十多頁了，但是毫不記得書上所說的事。只是耳朵卻分外地靈，彷彿聽到大門外一切往來的履聲，從中便有子君的，而且橐橐地逐漸臨近，——但是，往往又逐漸渺茫，終於消失在別的步聲的雜踏中了。我憎惡那不像子君鞋聲的穿布底鞋的長班[2]的兒子，我憎惡那太像子君鞋聲的常常穿著新皮鞋的鄰院的擦雪花膏的小東西！

莫非她翻了車麼？莫非她被電車撞傷了麼？……

我便要取了帽子去看她，然而她的胞叔就曾經當面罵過我。

驀然，她的鞋聲近來了，一步響於一步，迎出去時，卻已經走過紫藤棚下，臉上帶著微笑的酒窩。她在她叔子的家裡大約並未受氣；我的心寧帖了，默默地相視片時之後，破屋裡便漸漸充滿了我的語聲，談家庭專制，談打破舊習慣，談男女平等，談伊孛生[3]，談泰戈爾[4]，談雪萊[5]……。她總是微笑點頭，兩眼裡彌漫著稚氣的好奇的光澤。壁上就釘著一張銅板的雪萊半身像，是從雜誌上裁下來的，是他的最美的一張像。當我指給她看時，她卻只草草一看，便低了頭，似乎不好意思了。這些地方，子君就大概還未脫盡舊思想的束縛，——我後來也想，倒不如換一張雪萊淹死在海裡的紀念像或是伊孛生的罷；但也終於沒有換，現在是連這一張也不知那裡去了。

「我是我自己的，他們誰也沒有干涉我的權利！」

這是我們交際了半年，又談起她在這裡的胞叔和在家的父親時，她默想了一會之後，分明地，堅決地，沉靜地說了出來的話。其時是我已經說盡了我的意見，我的身世，我的缺點，很少隱瞞；她也完全了解的了。這幾句話很震動了我的靈魂，此後許多天還在耳中發響，而且說不出的狂喜，知道中國女性，並不如厭世家所說那樣的無法可施，在不遠的將來，便要看見輝煌的曙色的。

送她出門，照例是相離十多步遠；照例是那鮎魚鬚的老東西的臉又緊貼在髒的窗玻璃上了，連鼻尖都擠成一個小平面；到外院，照例又是明晃晃的玻璃窗裡的那小東西的臉，加厚的雪花膏。她目不邪視地驕傲地走了，沒有看見；我驕傲地回來。

「我是我自己的，他們誰也沒有干涉我的權利！」這徹底的思想就在她的腦裡，比我還透徹，堅強得多。半瓶雪花膏和鼻尖的小平面，於她能算什麼東西呢？

我已經記不清那時怎樣地將我的純真熱烈的愛表示給她。豈但現在，那時的事後便已模糊，夜間回想，早只剩了一些斷片了；同居以後一兩月，便連這些斷片也化作無可追蹤的夢影。我只記得那時以前的十幾天，曾經很仔細地研究過表示的態度，排列過措辭的先後，以及倘或遭了拒絕以後的情形。可是臨時似乎都無用，在慌張中，身不由己地竟用了在電影上見過的方法了。後來一想到，就使我很愧恧⑥，但在記憶上卻偏只有這一點永遠留遺，至今還如暗室的孤燈一般，照見我含淚握著她的手，一條腿跪了下去……。

不但我自己的，便是子君的言語舉動，我那時就沒有看得分明；僅知道她已經允許我了。但也還彷彿記得她臉色變成青白，後來又漸漸轉作緋紅，——沒有見過，也沒有再見的緋紅；孩子似的眼裡射出悲喜，但是夾著驚疑的光，雖然力避我的視線，張惶地似乎要破窗飛去。然而我知道她已經允許我了，沒有知道她怎樣說或是沒有說。

她卻是什麼都記得：我的言辭，竟至於讀熟了的一般，能夠滔滔背誦；我的舉動，就如有一張我所看不見的影片掛在眼下，敘述得如生，很細微，自然連那使我不願再想的淺薄的電影的一閃。夜闌⑦人靜，是相對溫習的時候了，我常是被質問，被考驗，並且被命複述當時的言語，然而常須由她補足，由她糾正，像一個丁等的學生。

這溫習後來也漸漸稀疏起來。但我只要看見她兩眼注視空中，出神似的凝想著，於是神色越加柔和，笑窩也深下去，便知道她又在自修舊課了，只是我很怕她看到我那可笑的電影的一閃。但我又知道，她一定要看見，而且也非看不可的。

然而她並不覺得可笑。即使我自己以為可笑，甚而至於可鄙的，她也毫不以為可笑。這事我知道得很清楚，因為她愛我，是這樣地熱烈，這樣地純真。

去年的暮春是最為幸福，也是最為忙碌的時光。我的心平靜下去了，但又有別一部分和身體一同忙碌起來。我們這時才在路上同行，也到過幾回公園，最多的是尋住所。我覺得在路上時時遇到探索、譏笑、猥褻和輕蔑的眼光，一不小心，便使我的全身有些瑟縮，只得即刻提起我的驕傲和反抗來支持。她卻是大無畏的，對於這些全不關心，只是鎮靜地緩緩前行，坦然如入無人之境。

尋住所實在不是容易事，大半是被託辭拒絕，小半是我們以為不相宜。起先我們選擇得很苛酷，——也非苛酷，因為看去大抵不像是我們的安身之所；後來，便只要他們能相容了。看了二十多處，這才得到可以暫且敷衍的處所，是吉兆胡同一所小屋裡的兩間南屋；主人是一個小官，然而倒是明白人，自住著正屋和廂房。他只有夫人和一個不到周歲的女孩子，僱一個鄉下的女工，只要孩子不啼哭，是極其安閑幽靜的。

我們的家具很簡單，但已經用去了我的籌來的款子的大半；子君還賣掉了她唯一的金戒指和耳環。我攔阻她，還是定要賣，我也就不再堅持下去了；我知道不給她加入一點股份去，她是住不舒服的。

和她的叔子，她早經鬧開，至於使他氣憤到不再認她做侄女；我也陸續和幾個自以為忠告，其實是替我膽怯，或者竟是嫉妒的朋友絕了交。然而這倒很清靜。每日辦公散後，雖然已近黃昏，車夫又一定走得這樣慢，但究竟還有二人相對的時候。我們先是沉默的相視，接著是放懷而親密的交談，後來又是沉默。大家低頭沉思著，卻並未想著什麼事。我也漸漸清醒地讀遍了她的身體，她的靈魂，不過三星期，我似乎於她已經更加了解，揭去許多先前以為了解而現在看來卻是隔膜，即所謂真的隔膜了。

子君也逐日活潑起來。但她並不愛花，我在廟會⑧時買來的兩盆小草花，四天不澆，枯死在壁角了，我又沒有照顧一切的閑暇。然而她愛動物，也許是從官太太那裡傳染的罷，不一月，我們的眷屬便驟然加得很多，四隻小油雞，在小院子裡和房主人的十多隻在一同走。但她們卻認識雞的相貌。各知道那一隻是自家的。還有一隻花白的叭兒狗，從廟會買來，記得似乎原有名字，子君卻給它另起了一個，叫做阿隨。我就叫它阿隨，但我不喜歡這名字。

這是真的，愛情必須時時更新，生長，創造。我和子君說起這，她也領會地點點頭。

唉唉，那是怎樣的寧靜而幸福的夜啊！

安寧和幸福是要凝固的，永久是這樣的安寧和幸福。我們在會館裡時，還偶有議論的衝突和意思的誤會，自從到吉兆胡同以來，連這一點也沒有了；我們只在燈下對坐的懷舊譚⑨中，回味那時衝突以後的和解的重生一般的樂趣。

子君竟胖了起來，臉色也紅活了；可惜的是忙。管了家務便連談天的工夫也沒有，何況讀書和散步。我們常說，我們總還得僱一個女工。

這就使我也一樣地不快活，傍晚回來，常見她包藏著不快活的顏色，尤其使我不樂的是她要裝作勉強的笑容。幸而探聽出來了，也還是和那小官太太的暗鬥，導火線便是兩家的小油雞。但又何必硬不告訴我呢？人總該有一個獨立的家庭。這樣的處所，是不能居住的。

我的路也鑄定了，每星期中的六天，是由家到局，又由局到家。在局裡便坐在辦公桌前抄，抄，抄些公文和信件；在家裡是和她相對或幫她生白爐子，煮飯，蒸饅頭。我的學會了煮飯，就在這時候。

但我的食品卻比在會館裡時好得多了。做菜雖不是子君的特長，然而她於此卻傾注著全力，對於她的日夜的操心，使我也不能不一同操心，來算作分甘共苦。況且她又這樣地終日汗流滿面，短髮都黏在腦額上，兩隻手又只是這樣地粗糙起來。

況且還要飼阿隨，飼油雞，……都是非她不可的工作。

我曾經忠告她：我不吃，倒也罷了，卻萬不可這樣地操勞。她只看了我一眼，不開口，神色卻似乎有點淒然；我也只好不開口。然而她還是這樣地操勞。

我所預期的打擊果然到來。雙十節的前一晚，我呆坐著，她在洗碗。聽到打門聲，我去開門時，是局裡的信差，交給我一張油印的紙條。我就有些料到了，到燈下去一看，果然，印著的就是——

奉

局長諭史涓生著毋庸到局辦事

秘書處啟　十月九號

這在會館裡時，我就早已料到了；那雪花膏便是局長的兒子的賭友，一定要去添些謠言，設法報告的。到現在才發生效驗，已經要算是很晚的了。其實這在我不能算是一個打擊，因為我早就決定，可以給別人去抄寫，或者教讀，或者雖然費力，也還可以譯點書，況且《自由之友》的總編輯便是見過幾次的熟人，兩月前還通過信。但我的心卻跳躍著。那麼一個無畏的子君也變了色，尤其使我痛心；她近來似乎也較為怯弱了。

「那算什麼。哼，我們幹新的。我們……。」她說。

她的話沒有說完；不知怎地，那聲音在我聽去卻只是浮浮的；燈光也覺得格外黯淡。人們真是可笑的動物，一點極微末的小事情，便會受著很深的影響。我們先是默默地相視，逐漸商量起來，終於決定將現有的錢竭力節省，一面登「小廣告」去尋求抄寫和教讀，一面寫信給《自由之友》的總編輯，說明我目下的遭遇，請他收用我的譯本，給我幫一點艱辛時候的忙。

「說做，就做罷！來開一條新的路！」

我立刻轉身向了書案，推開盛香油的瓶子和醋碟，子君便送過那黯淡的燈來。我先擬廣告；其次是選定可譯的書，遷移以來未曾翻閱過，每本的頭上都滿漫著灰塵了；最後才寫信。

我很費躊躇，不知道怎樣措辭好，當停筆凝思的時候，轉眼去一瞥她的臉，在昏暗的燈光下，又很見得淒然。我真不料這樣微細的小事情，竟會給堅決的，無畏的子君以這麼顯著的變化。她近來實在變得很怯弱了，但也並不是今夜才開始的。我的心因此更繚亂，忽然有安寧的生活的影像——會館裡的破屋的寂靜，在眼前一閃，剛剛想定睛凝視，卻又看見了昏暗的燈光。

許久之後，信也寫成了，是一封頗長的信；很覺得疲勞，彷彿近來自己也較為怯弱了。於是我們決定，廣告和發信，就在明日一同實行。大家不約而同地伸直了腰肢，在無言中，似乎又都感到彼此的堅忍倔強的精神，還看見從新萌芽起來的將來的希望。

外來的打擊其實倒是振作了我們的新精神。局裡的生活，原如鳥販子手裡的禽鳥一般，僅有一點小米維繫殘生，決不會肥胖；日子一久，只落得麻痺了翅子，即使放出籠外，早已不能奮飛。現在總算脫出這牢籠了，我從此要在新的開闊的天空中翱翔，趁我還未忘卻了我的翅子的搧動。

小廣告是一時自然不會發生效力的；但譯書也不是容易事，先前看過，以為已經懂得的，一動手，卻疑難百出了，進行得很慢。然而我決計努力地做，一本半新的字典，不到半月，邊上便有了一大片烏黑的指痕，這就證明著我的工作的切實。《自由之友》的總編輯曾經說過，他的刊物是決不會埋沒好稿子的。

可惜的是我沒有一間靜室，子君又沒有先前那麼幽靜，善於體貼了，屋子裡總是散亂著碗碟，彌漫著煤烟，使人不能安心做事，但是這自然還只能怨我自己無力置一間書齋。然而又加以阿隨，加以油雞們。加以油雞們又大起來了，更容易成為兩家爭吵的引線。

加以每日的「川流不息」的吃飯；子君的功業，彷彿就完全建立在這吃飯中，吃了籌錢，籌來吃飯，還要餵阿隨，飼油雞；她似乎將先前所知道的全都忘掉了，也不想到我的構思就常常為了這催促吃飯而打斷。即使在坐中給看一點怒色，她總是不改變，仍然毫無感觸似的大嚼起來。

使她明白了我的作工不能受規定的吃飯的束縛，就費去五星期。她明白之後，大約很不高興罷，可是沒有說。我的工作果然從此較為迅速地進行，不久就共譯了五萬言，只要潤飾一回，便可以和做好的兩篇小品，一同寄給《自由之友》去。只是吃飯卻依然給我苦惱。菜冷，是無傷的，然而竟不夠；有時連飯也不夠，雖然我因為終日坐在家裡用腦，飯量已經比先前要減少得多。這是先去餵了阿隨了，有時還並那近來連自己也輕易不吃的羊肉。她說，阿隨實在瘦得太可憐，房東太太還因此嗤笑我們了，她受不住這樣的奚落。

於是吃我殘飯的便只有油雞們。這是我積久才看出來的，但同時也如赫胥黎[10]的論定

「人類在宇宙間的位置」一般，自覺了我在這裡的位置：不過是叭兒狗和油雞之間。

後來，經多次的抗爭和催逼，油雞們也逐漸成為肴饌，我們和阿隨都享用了十多日的鮮肥；可是其實都很瘦，因為它們早已每日只能得到幾粒高粱了。從此便清靜得多。只有子君很頹唐，似乎常覺得淒苦和無聊，至於不大願意開口。我想，人是多麼容易改變啊！

但是阿隨也將留不住了。我們已經不能再希望從什麼地方會有來信，子君也早沒有一點食物可以引它打拱或直立起來。冬季又逼近得這麼快，火爐就要成為很大的問題；它的食量，在我們其實早是一個極易覺得的很重的負擔。於是連它也留不住了。

倘使插了草標[11]到廟市去出賣，也許能得幾文錢罷，然而我們都不能，也不願這樣做。終於是用包袱蒙著頭，由我帶到西郊去放掉了，還要追上來，便推在一個並不很深的土坑裡。

我一回寓，覺得又清靜得多多了；但子君的悽慘的神色，卻使我很吃驚。那是沒有見過的神色，自然是為阿隨。但又何至於此呢？我還沒有說起推在土坑裡的事。

到夜間，在她的悽慘的神色中，加上冰冷的分子了。

「奇怪。——子君，你怎麼今天這樣兒了？」我忍不住問。

「什麼？」她連看也不看我。

「你的臉色……。」

「沒有什麼，——什麼也沒有。」

我終於從她言動上看出，她大概已經認定我是一個忍心的人。其實，我一個人，是容易生活的，雖然因為驕傲，向來不與世交來往⑫，遷居以後，也疏遠了所有舊識的人，然而只要能遠走高飛，生路還寬廣得很。現在忍受著這生活壓迫的苦痛，大半倒是為她，便是放掉阿隨，也何嘗不如此。但子君的識見卻似乎只是淺薄起來，竟至於連這一點也想不到了。

我揀了一個機會，將這些道理暗示她；她領會似的點頭，然而看她後來的情形，她是沒有懂，或者是並不相信的。

天氣的冷和神情的冷，逼迫我不能在家庭中安身。但是往那裡去呢？大道上，公園裡，雖然沒有冰冷的神情，冷風究竟也刺得人皮膚欲裂。我終於在通俗圖書館裡覓得了我的天堂。

那裡無須買票；閱書室裡又裝著兩個鐵火爐 。縱使不過是燒著不死不活的煤的火爐，但單是看見裝著它，精神上也就總覺得有些溫暖。書卻無可看：舊的陳腐，新的是幾乎沒有的。

好在我到那裡去也並非為看書。另外時常還有幾個人，多則十餘人，都是單薄衣裳，正如我，各人看各人的書，作為取暖的口實。這於我尤為合適。道路上容易遇見熟人，得到輕蔑的一瞥，但此地卻決無那樣的橫禍，因為他們是永遠圍在別的鐵爐旁，或者靠在自家的白爐邊的。

那裡雖然沒有書給我看，卻還有安閑容得我想。待到孤身枯坐，回憶從前，這才覺得大半年來，只為了愛，——盲目的愛，——而將別的人生的要義全盤疏忽了。第一，便是生活。人必生活著，愛才有所附麗[13]。世界上並非沒有為了奮鬥者而開的活路；我也還未忘卻翅子的搧動，雖然比先前已經頹唐得多……。

屋子和讀者漸漸消失了，我看見怒濤中的漁夫，戰壕中的兵士，摩托車[14]中的貴人，洋場上的投機家，深山密林中的豪傑，講臺上的教授，昏夜的運動者和深夜的偷兒……。子君，——不在近旁。她的勇氣都失掉了，只為著阿隨悲憤，為著做飯出神；然而奇怪的是倒也並不怎樣瘦損……。

冷了起來，火爐裡的不死不活的幾片硬煤，也終於燒盡了，已是閉館的時候。又須回到吉兆胡同，領略冰冷的顏色去了。近來也間或遇到溫暖的神情，但這卻反而增加我的苦痛。記得有一夜，子君的眼裡忽而又發出久已不見的稚氣的光來，笑著和我談到還在會館時候的情形，時時又很帶些恐怖的神色。我知道我近來的超過她的冷漠，已經引起她的憂疑來，只得也勉力談笑，想給她一點慰藉。然而我的笑貌一上臉，我的話一出口，卻即刻變為空虛，這空虛又即刻發生反響，回向我的耳目裡，給我一個難堪的惡毒的冷嘲。

子君似乎也覺得的，從此便失掉了她往常的麻木似的鎮靜，雖然竭力掩飾，總還是時時露出憂疑的神色來，但對我卻溫和得多了。

我要明告她，但我還沒有敢，當決心要說的時候，看見她孩子一般的眼色，就使我只得暫且改行勉強的歡容。但是這又即刻來冷嘲我，並使我失卻那冷漠的鎮靜。

她從此又開始了往事的溫習和新的考驗，逼我做出許多虛偽的溫存的答案來，將溫存示給她，虛偽的草稿便寫在自己的心上。我的心漸被這些草稿填滿了，常覺得難於呼吸。我在苦惱中常常想，說真實自然須有極大的勇氣的；假如沒有這勇氣，而苟安於虛偽，那也便是不能開闢新的生路的人。不獨不是這個，連這人也未嘗有！

子君有怨色，在早晨，極冷的早晨，這是從未見過的，但也許是從我看來的怨色。我那時冷冷地氣憤和暗笑了；她所磨練的思想和豁達無畏的言論，到底也還是一個空虛，而對於這空虛卻並未自覺。她早已什麼書也不看，已不知道人的生活的第一著是求生，向著這求生的道路，是必須攜手同行，或奮身孤往的了，倘使只知道捶著一個人的衣角，那便是雖戰士也難於戰鬥，只得一同滅亡。

我覺得新的希望就只在我們的分離；她應該決然捨去，——我也突然想到她的死，然而立刻自責，懺悔了。幸而是早晨，時間正多，我可以說我的真實。我們新的道路的開闢，便在這一遭。

我和她閑談，故意地引起我們的往事，提到文藝，於是涉及外國的文人，文人的作品：《諾拉》，《海的女人》[15]。稱揚諾拉的果決……。也還是去年在會館的破屋裡講過的那些話，但現在已經變成空虛，從我的嘴傳入自己的耳中，時時疑心有一個隱形的壞孩子，在背後惡意地刻毒的學舌。

她還是點頭答應著傾聽，後來沉默了。我也就斷續地說完了我的話，連餘音都消失在虛空中了。

「是的。」她又沉默了一會，說，「但是，……涓生，我覺得你近來很兩樣了。可是的？你，——你老實告訴我。」

我覺得這似乎給了我當頭一擊，但也立即定了神，說出我的意見和主張來：新的路的開闢，新的生活的再造，為的是免得一同亡滅。

臨末，我用了十分的決心，加上這幾句話——

「……況且你已經可以無須顧慮，勇往直前了，你要我老實說；是的，人是不該虛偽的。我老實說罷：因為，因為我已經不愛你了！但這於你倒好得多，因為你更可以毫無掛念地做事……」

我同時預期著大的變故的到來，然而只有沉默。她臉色陡然變成灰黃，死了似的；瞬間便又蘇生，眼裡也發了稚氣的閃閃的光澤。這眼光射向四處，正如孩子在饑渴中尋求著慈愛的母親，但只在空中尋求，恐怖地迴避著我的眼。

我不能看下去了，幸而是早晨，我冒著寒風逕奔通俗圖書館。

在那裡看見《自由之友》，我的小品文都登出了。這使我一驚，彷彿得了一點生氣。我想，生活的路還很多，——但是，現在這樣也還是不行的。

我開始去訪問久已不相聞問的熟人，但這也不過一兩次；他們的屋子自然是暖和的，我在骨髓中卻覺得寒洌。夜間，便蜷伏在比冰還冷的冷屋中。

冰的針刺著我的靈魂，使我永遠苦於麻木的疼痛。生活的路還很多，我也還沒有忘卻翅子的搧動，我想。——我突然想到她的死，然而立刻自責，懺悔了。

在通俗圖書館裡往往瞥見一閃的光明，新的生路橫在前面。她勇猛地覺悟了，毅然走出這冰冷的家，而且，——毫無怨恨的神色。我便輕如行雲，漂浮空際，上有蔚藍的天，下是深山大海，廣廈高樓，戰場，摩托車，洋報，公館，晴明的鬧市，黑暗的夜……。

而且，真的，我預感得這新生面便要來到了。

我們總算度過了極難忍受的冬天，這北京的冬天，就如蜻蜓落在惡作劇的壞孩子的手裡一般，被繫著細線，盡情玩弄，虐待，雖然幸而沒有送掉性命，結果也還是躺在地上，只爭著一個遲早之間。

寫給《自由之友》的總編輯已經有三封信，這才得到回信，信封裡只有兩張書券⑯：兩角的和三角的。我卻單是催，就用了九分的郵票，一天的饑餓，又都白挨給於己一無所得的空虛了。

然而覺得要來的事，卻終於來到了。

這是冬春之交的事，風已沒有這麼冷，我也更久地在外面徘徊；待到回家，大概已經昏黑。就在這樣一個昏黑的晚上，我照常沒精打采地回來，一看見寓所的門，也照常更加喪氣，使腳步放得更緩。但終於走進自己的屋子裡了，沒有燈火；摸火柴點起來時，是異樣的寂寞和空虛！

正在錯愕⑰中，官太太便到窗外來叫我出去。

「今天子君的父親來到這裡，將她接回去了。」她很簡單地說。

這似乎又不是意料中的事，我便如腦後受了一擊，無言地站著。

「她去了麼？」過了些時，我只問出這樣一句話。

「她去了。」

「她，——她可說什麼？」

「沒說什麼。單是託我見你回來時告訴你，說她去了。」

我不信；但是屋子裡是異樣的寂寞和空虛。我遍看各處，尋覓子君，只見幾件破舊而黯淡的家具，都顯得極其清疏，在證明著它們毫無隱匿一人一物的能力。我轉念尋信或她留下的字跡，也沒有，只是鹽和乾辣椒，麵粉，半株白菜，卻聚集在一處了，旁邊還有幾十枚銅元。這是我們兩人生活材料的全副，現在她就鄭重地將這留給我一個人，在不言中，教我藉此去維持較久的生活。

我似乎被周圍所排擠，奔到院子中間，有昏黑在我的周圍；正屋的紙窗上映出明亮的燈光，他們正在逗著孩子玩笑。我的心也沉靜下來，覺得在沉重的迫壓中，漸漸隱約地現出脫走的路徑：深山大澤，洋場，電燈下的盛筵，壕溝，最黑最黑的深夜，利刃的一擊，毫無聲響的腳步……。

心地有些輕鬆，舒展了，想到旅費，並且噓一口氣。

躺著，在合著的眼前經過的預想的前途，不到半夜已經現盡；暗中忽然彷彿看見一堆食物，這之後，便浮出一個子君的灰黃的臉來，睜了孩子氣的眼睛，懇託似的看著我。我一定神，什麼也沒有了。

但我的心卻又覺得沉重，我為什麼偏不忍耐幾天，要這樣急急地告訴她真話的呢？現在她知道，她以後所有的只是她父親——兒女的債主——的烈日一般的嚴威和旁人的賽過冰霜的冷眼。此外便是虛空。負著虛空的重擔，在嚴威和冷眼中走著所謂人生的路，這是怎麼可怕的事啊！而況這路的盡頭，又不過是——連墓碑也沒有的墳墓。

我不應該將真實說給子君，我們相愛過，我應該永久奉獻她我的說謊。如果真實可以寶貴，這在子君就不該是一個沉重的空虛。謊語當然也是一個空虛，然而臨末，至多也不過這樣地沉重。

我以為將真實說給子君，她便可以毫無顧慮，堅決地毅然前行，一如我們將要同居時那樣。但這恐怕是我錯誤了。她當時的勇敢和無畏是因為愛。

我沒有負著虛偽的重擔的勇氣，卻將真實的重擔卸給她了。她愛我之後，就要負了這重擔，在嚴威和冷眼中走著所謂人生的路。

我想到她的死……。我看見我是一個卑怯者，應該被擯於強有力的人們，無論是真實者，虛偽者。然而她卻自始至終，還希望我維持較久的生活……。

我要離開吉兆胡同，在這裡是異樣的空虛的寂寞。我想，只要離開這裡，子君便如還在我的身邊；至少，也如還在城中，有一天，將要出乎意表地訪我，像住在會館時候似的。

然而一切請託和書信，都是一無反響；我不得已，只好訪問一個久不問候的世交去了。他是我伯父的幼年的同窗，以正經出名的拔貢[18]，寓京很久，交遊也廣闊的。

大概因為衣服的破舊罷，一登門便很遭門房的白眼。好容易才相見，也還相識，但是很冷落。我們的往事，他全都知道了。

「自然，你也不能在這裡了，」他聽了我託他在別處覓事之後，冷冷地說，「但那裡去呢？很難。——你那，什麼呢，你的朋友罷，子君，你可知道，她死了。」

我驚得沒有話。

「真的？」我終於不自覺地問。

「哈哈。自然真的。我家的王升的家，就和她家同村。」

「但是，——不知道是怎麼死的？」

「誰知道呢。總之是死了就是了。」

我已經忘卻了怎樣辭別他，回到自己的寓所。我知道他是不說謊話的；子君總不會再來的了，像去年那樣。她雖是想在嚴威和冷眼中負著虛空的重擔來走所謂人生的路，也已經不能。她的命運，已經決定她在我所給與的真實——無愛的人間死滅了。

自然，我不能在這裡了；但是，「那裡去呢？」

四圍是廣大的空虛，還有死的寂靜。死於無愛的人們的眼前的黑暗，我彷彿——看見，還聽得一切苦悶和絕望的掙扎的聲音。

我還期待著新的東西到來，無名的，意外的。但一天一天，無非是死的寂靜。

我比先前已經不大出門，只坐臥在廣大的空虛裡，一任這死的寂靜侵蝕著我的靈魂。死的寂靜有時也自己戰慄，自己退藏，於是在這絕續之交，便閃出無名的，意外的，新的期待。

一天是陰沉的上午，太陽還不能從雲裡面掙扎出來，連空氣都疲乏著。耳中聽到細碎的步聲和咻咻的鼻息，使我睜開眼。大致一看，屋子裡還是空虛；但偶然看到地面，卻盤旋著一匹小小的動物，瘦弱的，半死的，滿身灰土的……。

我一細看，我的心就一停，接著便直跳起來。

那是阿隨。它回來了。

我的離開吉兆胡同，也不單是為了房主人們和他家女工的冷眼，大半就為著這阿隨。但是，「那裡去呢？」新的生路自然還很多，我約略知道，也間或依稀看見，覺得就在我面前，然而我還沒有知道跨進那裡去的第一步的方法。

經過許多回的思量和比較，也還只有會館是還能相容的地方。依然是這樣的破屋，這樣的板床，這樣的半枯的槐樹和紫藤，但那時使我希望，歡欣，愛，生活的，卻全都逝去了，只有一個虛空，我用真實去換來的虛空存在。

新的生路還很多，我必須跨進去，因為我還活著。但我還不知道怎樣跨出那一步。有時，彷彿看見那生路就像一條灰白的長蛇，自己蜿蜒地向我奔來，我等著，等著，看看臨近，但忽然便消失在黑暗裡了。

初春的夜，還是那麼長。長久的枯坐中記起上午在街頭所見的葬式，前面是紙人紙馬，後面是唱歌一般的哭聲。我現在已經知道他們的聰明了，這是多麼輕鬆簡潔的事。

然而子君的葬式卻又在我眼前，是獨自負著虛空的重擔，在灰白的長路上前行，而又即刻消失在周圍的嚴威和冷眼裡了。

我願意真有所謂鬼魂，真有所謂地獄，那麼，即使在孽風[19]怒吼之中，我也將尋覓子君，當面說出我的悔恨和悲哀，祈求她的饒恕；否則，地獄的毒焰將圍繞我，猛烈地燒盡我的悔恨和悲哀。

我將在孽風和毒焰中擁抱子君，乞她寬容，或者使她快意……。

但是，這卻更虛空於新的生路；現在所有的只是初春的夜，竟還是那麼長。我活著，我總得向著新的生路跨出去，那第一步，——卻不過是寫下我的悔恨和悲哀，為子君，為自己。

我仍然只有唱歌一般的哭聲，給子君送葬，葬在遺忘中。

我要遺忘；我為自己，並且要不再想到這用了遺忘給子君送葬。

我要向著新的生路跨進第一步去，我要將真實深深地藏在心的創傷中，默默地前行，用遺忘和說謊做我的前導……。

發表於一九二六年八月

注釋

①**會館** 舊時都市中同鄉會或同業公會設立的館舍，供同鄉或同業旅居、聚會之用。

②**長班** 舊時官員的隨身僕人，也用來稱呼一般的「聽差」。

③**伊孛生** 通譯易卜生，挪威劇作家（1828–1906），以編寫社會問題劇成名。作品表現強烈的個人主義風格，重要代表作有《玩偶之家》、《群鬼》、《國民公敵》等等。

④**泰戈爾** 印度詩人（1861–1941），生於印度加爾各答。泰戈爾於一九一三年以《頌歌集》獲得諾貝爾文學獎，這是東方人獲得諾貝爾榮譽的第一人。一九一二年他曾攜帶自己英譯的《園丁集》，遊歷歐美各國；於一九二四年來到中國講學，深受中國人士歡迎，當時並與梁啟超、胡適、徐志摩等人，結下深厚的友誼，梁啟超並給泰戈爾取了個「竺震旦」的中國名字。泰戈爾的詩作譯成中文的有《新月集》、《漂鳥集》。他不僅熱愛生命，更加熱愛他的國家與熱愛人類；這也使得他的作品自然而然地激發一股生命力，純真、活潑、樂觀、幽默，有優美的文詞、高超的意境，與超逸的理想。

⑤**雪萊** 英國浪漫主義詩人（1792–1822），出身鄉村地主貴族家庭，祖父是男爵。雪萊先後就

學於伊頓公學和牛津大學，因寫反宗教的哲學論文《無神論的必要性》被學校開除，後被迫離家。總是同情弱小的雪萊，又因寫了一封〈告愛爾蘭人民書〉公開信，內容主張戒酒、濟貧、讀書、討論，做有道德有智慧的人，以博得國際的尊敬和支持，支持愛爾蘭民族民主運動，而被迫於一八一八年遷居義大利與瑞士等地。在瑞士期間，結識著名詩人拜倫，寫出大量詩歌，包括頌詩、抒情詩等等。一八二二年旅遊途中不幸遇到風暴而沉船溺死。雪萊的〈西風頌〉、〈雲雀頌〉等著名短詩，在五四新文化運動時期曾被翻譯、介紹到中國。

⑥ **愧恧** 羞愧。恧，音ㄋㄩˋ。

⑦ **夜闌** 夜深。

⑧ **廟會** 又稱廟市，舊時在節日或規定的日子，設在寺廟或其附近的集市。

⑨ **懷舊譚** 懷念往事的言談。譚，通「談」。

⑩ **赫胥黎** 英國生物學家（1825–1895）。他的《人類在宇宙間的位置》（今譯《人類在自然界的位置》），是宣傳達爾文的進化論的重要著作。

⑪ **草標** 舊時在被賣的人身或物品上插置的草桿，作為出賣的標誌。

⑫ **世交** 與先輩有交誼者。

⑬**附麗** 依附。

⑭**摩托車** 當時對小汽車的稱呼。

⑮**諾拉，海的女人** 《諾拉》，通譯《娜拉》（按原文字義應譯為《玩偶之家》）。《海的女人》，通譯《海上夫人》。二者都是易卜生的著名劇作，並且都是有關婦女解放的內容。

⑯**書券** 購書用的代價券，可按券面金額到指定書店選購。舊時有的報刊用它代替現金來支付稿酬。

⑰**錯愕** 倉卒驚訝的樣子。

⑱**拔貢** 清代科舉考試制度，在規定的年限（原定六年，後改為十二年）選拔「文行兼優」的秀才，保送到京師，貢入國子監，稱為「拔貢」。是貢生的一種。

⑲**孽風** 迷信的說法，指地獄裡的惡風。

賞析

〈傷逝〉描寫涓生和子君這對戀人從相愛、結合到離異的曲折過程。小說以手記的形式呈現，在濃厚的抒情風格中讓敘述者——故事裡的男主角涓生——娓娓道盡他對於整件事的自責、悔恨、空虛、悲涼的心情。起初，涓生和子君的愛情是純真而熱烈的，他們彼此有著共同的理想與追求的決心。為了爭取個人的幸福，他們堅決地反抗封建勢力。面對傳統家族制度的阻攔，子君向涓生說：「我是我自己的，他們誰也沒有干涉我的權利！」兩人決定力排眾議，生活在一起。然而，在往後的同居生活中，子君埋首於凡庸瑣碎的家務，忘卻理想、沒了希望，甚且變得怯懦。至於涓生也因為失去工作、壯志難伸，日漸抑鬱寡歡。兩人在喪失經濟基礎的貧困生活中，漸行漸遠。故事最後，涓生提出分手的要求，以為可以藉此獲得重生，沒想到卻因此導致子君的死，徒留涓生無限的憾恨。

在涓生與子君身上，我們可以清楚看到五四知識青年的特點：熱情勇敢地接受個性解放、男女平等、愛情自由等等新思想；同時，我們也可以發現新青年在面對困難考驗時的軟弱與自私。當涓生受不了生活的壓力，便視子君為重擔和包袱，想拋開她遠走高飛。而子君身為新女性，嘴上掛著個性解放、男女平等的口號，離家出走後卻安於另一個家庭的平凡庸俗，不求經濟獨立，也拒絕外來的新刺激。反對家庭專制、追求愛情自由，是五四時期青年們破除封建的具體要求。當時以爭取婚姻自主作為題材的小說非常多；有的悲歎純真愛情的被壓抑，有的讚頌青年男女掙脫封建家庭制度的勇氣，故事的重點大多是強調爭取自由的奮鬥過程。然而魯迅的〈傷逝〉，卻更深入、更敏銳地揭示「婚戀自由」表象下其他深沉且複雜的面向。例如，五四青年所追求的自主愛情，並不是單純地只需獲得雙方家庭與社會大眾的認可，事實上它還需要面對社會因素——例如經濟能力——的考驗。

五四時期，易卜生的名劇《玩偶之家》（或作《傀儡家庭》）曾在中國風靡一時，魯迅曾經因為這樣的社會現象做過一次題為〈娜拉走後怎樣〉的演講。在演講的內容中，魯迅指出，不滿沒有平等互愛的家庭生活的娜拉，她出走以後「不是墮落，就是回來」。主要的原因之一，就在於出走後的娜拉並沒有獨立生活的自主能力，她很可能因此沉淪在社會底層的黑暗角落，也可能因為走投無路而回到她當初所居住的牢籠。〈傷逝〉裡離家出走的子君，最後還是只能重回原來的封建家庭，可以說正是魯迅這個觀點的具體延伸。魯迅通過小說的藝術形式來提醒現代的男女青年們，在獲得個人的愛情幸福的同時，也要有自立能力與經濟基礎的保障。如果徒有婚戀自由，卻不能解除社會經濟制度的壓迫，那麼這樣子的自由沒有保障，這樣子的個體也不可能健全。魯迅在〈傷逝〉中對於婦女解放問題的思考，顯然比易卜生的《玩偶之家》要來得深入、深刻許多。

非攻

一

子夏[1]的徒弟公孫高[2]來找墨子[3]，已經好幾回了，總是不在家，見不著。大約是第四或者第五回罷，這才恰巧在門口遇見，因為公孫高剛一到，墨子也適值回家來。他們一同走進屋子裡。

公孫高辭讓了一通之後，眼睛看著席子[4]的破洞，和氣的問道：

「先生是主張非戰的？」

「不錯！」墨子說。

「那麼，君子就不鬭麼[5]？」

「是的！」墨子說。

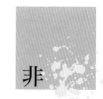

「豬狗尚且要鬭，何況人……」

「唉唉，你們儒者，說話稱著堯舜，做事卻要學豬狗，可憐，可憐！」墨子說著，站了起來，匆匆的跑到廚下去了，一面說：「你不懂我的意思……」

他穿過廚下，到得後門外的井邊，絞著轆轤[6]，汲起半瓶井水來，捧著吸了十多口，於是放下瓦瓶，抹一抹嘴，忽然望著園角上叫了起來道：

「阿廉[7]！你怎麼回來了？」

阿廉也已經看見，正在跑過來，一到面前，就規規矩矩的站定，垂著手，叫一聲「先生」，於是略有些氣憤似的接著說：

「我不幹了。他們言行不一致。說定給我一千盆粟米的，卻只給了我五百盆。我只得走了。」

「如果給你一千多盆，你走麼？」

「不。」阿廉答。

「那麼，就並非因為他們言行不一致，倒是因為少了呀！」

墨子一面說，一面又跑進廚房裡，叫道：

「耕柱子[8]！給我和起玉米粉來！」

耕柱子恰恰從堂屋裡走到，是一個很精神的青年。

「先生，是做十多天的乾糧罷？」他問。

「對咧。」墨子說。「公孫高走了罷？」

「走了，」耕柱子笑道。「他很生氣，說我們兼愛無父⑨，像禽獸一樣。」

墨子也笑了一笑。

「先生到楚國去？」

「是的。你也知道了？」墨子讓耕柱子用水和著玉米粉，自己卻取火石和艾絨打了火，點起枯枝來沸水，眼睛看火燄，慢慢的說道：「我們的老鄉公輸般⑩，他總是倚恃著自己的一點小聰明，興風作浪的。造了鉤拒⑪，教楚王和越人打仗還不夠，這回是又想出了什麼雲梯，要聳恿楚王攻宋去了。宋是小國，怎禁得這麼一攻。我去按他一下罷。」

他看得耕柱子已經把窩窩頭上了蒸籠，便回到自己的房裡，在壁廚裡摸出一把鹽漬藜菜乾，一柄破銅刀，另外找了一張破包袱，等耕柱子端進蒸熟的窩窩頭來，就一起打成一個包裹。衣服卻不打點，也不帶洗臉的手巾，只把皮帶緊了一緊，走到堂下，穿好草鞋，背上包裹，頭也不回的走了。從包裹裡，還一陣一陣的冒著熱蒸氣。

「先生什麼時候回來呢？」耕柱子在後面叫喊道。

「總得二十來天罷，」墨子答著，只是走。

二

墨子走進宋國的國界的時候，草鞋帶已經斷了三四回，覺得腳底上很發熱，停下來一看，鞋底也磨成了大窟窿，腳上有些地方起繭，有些地方起泡了。他毫不在意，仍然走；沿路看看情形，人口倒很不少，然而歷來的水災和兵災的痕跡，卻到處存留，沒有人民的變換得飛快。走了三天，看不見一所大屋，看不見一棵大樹，看不見一個活潑的人，看不見一片肥沃的田地，就這樣的到了都城⑫。

城牆也很破舊，但有幾處添了新石頭；護城溝邊看見爛泥堆，像是有人淘掘過，但只見有幾個閒人坐在溝沿上似乎釣著魚。

「他們大約也聽到消息了，」墨子想。細看那些釣魚人，卻沒有自己的學生在裡面。

他決計穿城而過，於是走近北關，順著中央的一條街，一徑向南走。城裡面也很蕭條，但也很平靜；店鋪都貼著減價的條子，然而並不見買主，可是店裡也並無怎樣的貨色；街道上滿積著又細又粘的黃塵。

「這模樣了，還要來攻它！」墨子想。

他在大街上前行，除看見了貧弱而外，也沒有什麼異樣。楚國要來進攻的消息，是也許已經聽到了的，然而大家被攻得習慣了，自認是活該受攻的了，竟並不覺得特別，況且誰都只剩了一條性命，無衣無食，所以也沒有什麼人想搬家。待到望見南關的城樓了，這才看見街角上聚著十多個人，好像在聽一個人講故事。

當墨子走得臨近時，只見那人的手在空中一揮，大叫道：

「我們給他們看看宋國的民氣！我們都去死！」

墨子知道，這是自己的學生曹公子的聲音。

然而他並不擠進去招呼他，匆匆的出了南關，只趕自己的路。又走了一天和大半夜，歇下來，在一個農家的簷下睡到黎明，起來仍復走。草鞋已經碎成一片一片，穿不住了，包袱裡還有窩窩頭，不能用，便只好撕下一塊布裳來，包了腳。

不過布片薄，不平的村路梗著他的腳底，走起來就更艱難。到得下午，他坐在一株小小的槐樹下，打開包裹來喫午餐，也算是歇歇腳。遠遠的望見一個大漢，推著很重的小車，向這邊走過來了。到得臨近，那人就歇下車子，走到墨子面前，叫了一聲「先生」，一面撩起衣角來揩臉上的汗，喘著氣。

「這是沙麼？」墨子認識他是自己的學生管黔敖，便問。

「是的，防雲梯的。」

「別的準備怎麼樣？」

「也已經募集了一些麻，灰，鐵。不過難得很：有的不肯，肯的沒有。還是講空話的多……」

「昨天在城裡聽見曹公子在講演，又在玩一股什麼『氣』，嚷什麼『死』了。你去告訴他：不要弄玄虛；死並不壞，也很難，但要死得於民有利！」

「和他很難說，」管黔敖悵悵的答道。「他在這裡做了兩年官，不大願意和我們說話了……」

「禽滑釐呢？」

「他可是很忙。剛剛試驗過連弩⑬；現在恐怕在西關外看地勢，所以遇不著先生。先生是到楚國去找公輸般的罷？」

「不錯，」墨子說，「不過他聽不聽我，還是料不定的。你們仍然準備著，不要只望著口舌的成功。」

管黔敖點點頭，看墨子上了路，目送了一會，便推著小車，吱吱嘎嘎的進城去了。

三

楚國的郢城[14]可是不比宋國：街道寬闊，房屋也整齊，大店鋪裡陳列著許多好東西，雪白的麻布，通紅的辣椒，斑斕的鹿皮，肥大的蓮子。走路的人，雖然身體比北方短小些，卻都活潑精悍，衣服也很乾淨，墨子在這裡一比，舊衣破裳，布包著兩隻腳，真好像一個老牌的乞丐了。

再向中央走是一大塊廣場，擺著許多攤子，擁擠著許多人，這是鬧市，也是十字路交叉之處。墨子便找著一個好像士人的老頭子，打聽公輸般的寓所，可惜言語不通，纏不明白，正在手掌心上寫字給他看，只聽得轟的一聲，大家都唱了起來，原來是有名的賽湘靈[15]已經開始在唱她的〈下里巴人〉[16]，所以引得全國中許多人，同聲應和了。不一會，連那老士人也在嘴裡發出哼哼聲，墨子知道他決不會再來看他手心上的字，便只寫了半個「公」字，拔步再往遠處跑。然而到處都在唱，無隙可乘，許多工夫，大約是那邊已經唱完了，這才逐漸顯得安靜。他找到一家木匠店，去探問公輸般的住址。

「那位山東老，造鉤拒的公輸先生麼？」店主是一個黃臉黑鬚的胖子，果然很知道。「並不遠。你回轉去，走過十字街，從右手第二條小道上朝東向南，再往北轉角，第三家就是他。」

墨子在手心上寫著字，請他看了有無聽錯之後，這才牢牢的記在心裡，謝過主人，邁開大步，徑奔他所指點的處所。果然也不錯的：第三家的大門上，釘著一塊雕鏤極工的楠木牌，上刻六個大篆道：「魯國公輸般寓」。

墨子拍著紅銅的獸環[17]，嘡嘡的敲了幾下，不料開門出來的卻是一個橫眉怒目的門丁。他一看見，便大聲的喝道：

「先生不見客！你們同鄉來告幫[18]的太多了！」

墨子剛看了他一眼，他已經關了門，再敲時，就什麼聲息也沒有。然而這目光的一射，卻使那門丁安靜不下來，他總覺得有些不舒服，只得進去稟他的主人。公輸般正捏著曲尺，在量雲梯的模型。

「先生，又有一個你的同鄉來告幫了……這人可是有些古怪……」門丁輕輕的說。

「他姓什麼？」

「那可還沒有問……」門丁惶恐著。

「什麼樣子的？」

「像一個乞丐。三十來歲。高個子，烏黑的臉……」

「阿呀！那一定是墨翟了！」

公輸般吃了一驚，大叫起來，放下雲梯的模型和曲尺，跑到階下去。門丁也吃了一驚，趕緊跑在他前面，開了門。墨子和公輸般，便在院子裡見了面。

「果然是你。」公輸般高興的說，一面讓他進到堂屋去。「你一向好嗎？還是忙？」

「是的。總是這樣……」

「可是先生這麼遠來，有什麼見教呢？」

「北方有人侮辱了我，」墨子很沉靜的說。「想託你去殺掉他……」

公輸般不高興了。

「我送你十塊錢！」墨子又接著說。

這一句話，主人可真是忍不住發怒了；他沉了臉，冷冷的回答道：

「我是義不殺人的！」

「那好極了！」墨子很感動的直起身來，拜了兩拜，又很沉靜的說道：「可是我有幾句話。我在北方，聽說你造了雲梯，要去攻宋。宋有什麼罪過呢？楚國有餘的是地，缺少的是民。殺缺少的來爭有餘的，不能說是智；宋沒有罪，卻要攻他，不能說是仁；知道著，卻不爭，不能說是忠；爭了，而不得，不能說是強；義不殺少，然而殺多，不能說是知類。先生以為怎樣？……」

「那是……」公輸般想著，「先生說得很對的。」

「那麼，不可以歇手了麼？」

「這可不成，」公輸般悵悵的說。「我已經對王說過了。」

「那麼，帶我見王去就是。」

「好的。不過時候不早了，還是喫了飯去罷。」

然而墨子不肯聽，欠著身子，總想站起來，他是向來坐不住的。公輸般知道拗不過，便答應立刻引他去見王；一面到自己的房裡，拿出一套衣裳和鞋子來，誠懇的說：

「不過這要請先生換一下。因為這裡是和俺家鄉不同，什麼都講闊綽的。還是換一換便當……」

「可以可以，」墨子也誠懇的說。「我其實也並非愛穿破衣服的……只因為實在沒有工夫換……」

四

楚王早知道墨翟是北方的聖賢，一經公輸般紹介，立刻接見了，用不著費力。

墨子穿著太短的衣裳，高腳鷺鷥似的，跟公輸般走到便殿裡，向楚王行過禮，從從容容的開口道：

「現在有一個人，不要轎車，卻想偷鄰家的破車子；不要錦繡，卻想偷鄰家的短氈襖；不要米肉，卻想偷鄰家的糠屑飯：這是怎樣的人呢？」

「那一定是生了偷摸病了。」楚王率直的說。

「楚的地面，」墨子道，「方五千里，宋的卻只方五百里，這就像轎車的和破車子；楚有雲夢，滿是犀兕麋鹿，江漢裡的魚鱉黿鼉之多，那裡都賽不過，宋卻是所謂連雉兔鯽魚也沒有的，這就像米肉的和糠屑飯；楚有長松文梓楠木豫章，宋卻沒有大樹，這就像錦繡的和短氈襖。所以據臣看來，王吏的攻宋，和這是同類的。」

「確也不錯！」楚王點頭說。「不過公輸般已經給我在造雲梯，總得去攻的了。」

「不過成敗也還是說不定的。」墨子道。「只要有木片，現在就可以試一試。」

楚王是一位愛好新奇的王，非常高興，便教侍臣趕快去拿木片來。墨子卻解下自己的皮帶，彎作弧形，向著公輸子，算是城；把幾十片木片分作兩份，一份留下，一份交與公輸子，便是攻和守的器具。

於是他們倆各各拿著木片，像下棋一般，開始鬥起來了，攻的木片一進，守的就一架，這邊一退，那邊就一招。不過楚王和侍臣，卻一點也看不懂。

只見這樣的一進一退，一共有九回，大約是攻守各換了九種的花樣。這之後，公輸般歇手了。墨子就把皮帶的弧形改向了自己，好像這回是由他來進攻。也還是一進一退的支架著，然而到第三回，墨子的木片就進了皮帶的弧線裡面了。

楚王和侍臣雖然莫名其妙，但看見公輸般首先放下木片，臉上露出掃興的神色，就知道他攻守兩面，全都失敗了。

楚王也覺得有些掃興。

「我知道怎麼贏你的，」停了一會，公輸般訕訕的說。「但是我不說。」

「我也知道你怎麼贏我的，」墨子卻鎮靜的說。「但是我不說。」

「你們說的是些什麼呀？」楚王驚訝著問道。

「公輸子的意思，」墨子旋轉身去，回答道，「不過想殺掉我，以為殺掉我，宋就沒有人守，可以攻了。然而我的學生禽滑釐等三百人，已經拿了我的守禦的器械，在宋城上，等候著楚國來的敵人。就是殺掉我，也還是攻不下的！」

「真好法子！」楚王感動的說。「那麼⋯⋯我也就不去攻宋罷。」

五

墨子說停了攻宋之後，原想即刻回往魯國的，但因為應該換還公輸般借他的衣裳，就只好再到他的寓裡去。時候已是下午，主客都很覺得肚子餓，主人自然堅留他喫午飯——或者已經是夜飯，還勸他宿一宵。

「走是總得今天就走的，」墨子說。「明年再來，拿我的書來請楚王看一看。」

「你還不是講些行義麼?」公輸般道。「勞形苦心，扶危濟急，是賤人的東西，大人們不取的。他可是君王呀，老鄉!」

「那倒也不。絲麻米穀，都是賤人做出來的東西，大人們就都要。何況行義呢。」

「那可也是的，」公輸般高興的說。「我沒有見你的時候，想取宋;一見你，即使白送我宋國，如果不義，我也不要了……」

「那可是我真送了你宋國了。」墨子也高興的說。「你如果一味行義，我還要送你天下哩!」

當主客談笑之間，午餐也擺好了，有魚，有肉，有酒。墨子不喝酒，也不喫魚，只喫了一點肉。公輸般獨自喝著酒，看見客人不大動刀匕，過意不去，只好勸他喫辣椒:

「請呀請呀!」他指著辣椒醬和大餅，懇切的說，「你嘗嘗，這還不壞。大蔥可不及我們那裡的肥……」

公輸般喝過幾杯酒，更加高興了起來。

「我舟戰有鉤拒，你的義也有鉤拒麼?」他問道。

「我這義的鉤拒，比你那舟戰的鉤拒好。」墨子堅決的回答說。「我用愛來鉤，用恭來拒。不用愛鉤，是不相親的，不用恭拒，是要油滑的，不相親而又油滑，馬上就離散。所以互相愛，互相恭，就等於互相利。現在你用鉤去鉤人，人也用鉤來鉤你，你用拒去拒人，人也用拒來拒你，互相鉤，互相拒，也就等於互相害了。所以我這義的鉤拒，比你那舟戰的鉤拒好。」

「但是，老鄉，你一行義，可真幾乎把我的飯碗敲碎了！」公輸般碰了一個釘子之後，改口說，但也大約很有了一些酒意：他其實是不會喝酒的。

「但也比敲碎宋國的所有飯碗好。」

「可是我以後只好做玩具了。老鄉，你等一等，我請你看一點玩意兒。」

他說著就跳起來，跑進後房去，好像是在翻箱子。不一會，又出來了，手裡拿著一隻木頭和竹片做成的喜鵲，交給墨子，口裡說道：

「只要一開，可以飛三天。這倒還可以說是極巧的。」

「可是還不及木匠的做車輪，」墨子看了一看，就放在席子上，說。「他削三寸的木頭，就可以載重五十石。有利於人的，就是巧，就是好，不利於人的，就是拙，也就是壞的。」

「哦，我忘記了，」公輸般又碰了一個釘子，這才醒過來。「早該知道這正是你的話。」

「所以你還是一味的行義，」墨子看著他的眼睛，誠懇的說，「不但巧，連天下也是你的了。真是打擾了你大半天。我們明年再見罷。」

墨子說著，便取了小包裹，向主人告辭；公輸般知道他是留不住的，只得放他走。送他出了大門之後，回進屋裡來，想了一想，便將雲梯的模型和木鵲都塞在後房的箱子裡。

墨子在歸途上，是走得較慢了，一則力乏，二則腳痛，三則乾糧已經喫完，難免覺得肚子餓，四則事情已經辦妥，不像來時的匆忙。然而比來時更晦氣：一進宋國界，就被搜檢了兩回；走近都城，又遇到募捐救國隊，募去了破包袱；到得南關外，又遭著大雨，到城門下想避避雨，被兩個執戈的巡兵趕開了，淋得一身溼，從此鼻子塞了十多天。

發表於一九三六年一月

注釋

①**子夏** 姓卜名商，春秋衛國人，孔丘的弟子。

②**公孫高** 古書中無可查考，可能是作者虛擬的人名。

③**墨子** 名翟，春秋戰國之際魯國人（約西元前四六八—前三七六），曾為宋國大夫，中國古代思想家，墨家學派的創始者。他主張「兼愛」，反對戰爭，具有「摩頂放踵，利天下，為之」（孟軻語）的精神。他的著作有流傳至今的《墨子》共五十三篇，其中大半是他的弟子所記述的。〈非攻〉這篇小說主要取材於《墨子・公輸》篇。

④**席子** 古人席地而坐，這裡是指鋪在地上的座席。墨翟主張節用，反對奢侈。在《墨子》一書的〈辭過〉、〈節用〉等篇中都詳載著他對於宮室、衣服、飲食、舟車等項的節約意見。

⑤**鬭** 打架。

⑥**轆轤** 汲水的器具。

⑦**阿廉** 作者虛擬的人名。

⑧**耕柱子** 與下文提到的曹公子、管黔敖、禽滑釐等人，都是墨翟的弟子。分見《墨子》中

的〈耕柱〉、〈魯問〉、〈公輸〉等篇。

⑨**兼愛無父** 這是儒家孟軻攻擊墨家的話，見《孟子・滕文公下》：「楊氏（楊朱）為我，是無君也；墨氏兼愛，是無父也。無父無君，是禽獸也。」

⑩**公輸般** 「般」或作「班」，《墨子》中作「盤」，春秋時魯國人。曾發明創造若干奇巧的器械，古書中多稱他為「巧人」。

⑪**鉤拒** 鉤拒是武器，用「鉤」可以鉤住敵人後退的船隻；用「拒」可以擋住敵人前進的船隻。

⑫**都城** 指宋國的國都商丘（今屬河南省）。

⑬**連弩** 指利用機械力量一發多矢的連弩車。

⑭**郢** 楚國的都城，在今湖北江陵縣境。

⑮**賽湘靈** 作者根據傳說中湘水的女神湘靈而虛擬的人名。傳說湘靈善鼓瑟，如《楚辭・遠游》中說：「使湘靈鼓瑟兮，令海若舞馮夷」。

⑯**下里巴人** 是楚國一種歌曲的名稱。《文選》宋玉〈對楚王問〉中說：「客有歌于郢中者，其始曰〈下里巴人〉，國中屬而和者數千人。」

⑰**獸環** 大門上的銅環。因為銅環啣在銅製獸頭的嘴裡，所以叫做獸環。

⑱**告幫** 在舊社會，向有關係的人乞求錢物幫助，叫告幫。

賞析

《故事新編》是魯迅將舊有的神話傳說或者是歷史故事，重新編寫成現代白話形式的短篇小說集。作者以一種鮮明的主觀意識，拿古代的傳說為骨架，重新塑造了這些我們早已熟悉的人物；而圍繞著這些主角的，是一些虛構的、帶著現代生活痕跡的事件。因此，收錄在書裡的故事雖然有歷史小說的樣貌，但是作者卻把以往誇張絢麗的想像色彩予以淡化，將其中的人物角色重新賦予人性化與生活化的自然特色。另外，在語言文字的使用方面，魯迅也是以現代口語的表達方式製造出自然的藝術效果。我們可以看到作者將古代的文言詞語，轉化改寫成現代的白話、口語化文句。這種將古人置換到現代情境的寫法，同時也造成一種出入古今的錯覺，自有一股現代的美學趣味流露其中。

《故事新編》呈現作者魯迅對中國傳統文化的批判作風以及明確的褒貶態度。例如，我們在〈理水〉、〈非攻〉與〈出關〉幾篇，就可以看出魯迅傾向「揚禹、墨，抑儒、道」的文化立場。〈非攻〉取材自《墨子》的〈公輸〉篇，魯迅的重新編寫基本上並沒有離開原來的這個故事框架。〈公輸〉篇裡記載公輸般發明雲梯，教楚王去攻打宋國；墨子得知此事，就從魯國趕到楚國去制止。在〈非攻〉這篇小說裡，墨子衣衫襤褸、腳踏草鞋、背著破包袱、以窩窩頭做乾糧，馬不停蹄地走了十多天到楚國去阻止一場戰爭。和衣冠楚楚、講究禮教與王道精神的儒者相比，墨子的樣貌雖然像個「老牌的乞丐」，可是他「非攻、兼愛、尚俠、好義」的主張與實踐，在魯迅眼中是令人敬佩的。墨子是行動派的實踐者，具有「摩頂放踵，利天下，為之」的精神；他汲汲於勸阻戰爭，這樣的行為是魯迅所讚揚的。魯迅曾經在另一篇文章〈中國人失掉自信力了嗎〉其中說到：「我們從古以來，就有埋頭苦幹的人，有拼命硬幹的人，有為民請命的人，有捨身求法的人，……雖是等於為帝王將相作家譜的所謂『正史』，也往往掩不住他們的光耀，這就是中國的脊樑。」可見，魯迅並不是一味地反傳統，他反對的是中國傳統裡的惡陋之處，至於好的部分，當然是值得今人保存與學習的。

魯迅重寫〈非攻〉，似乎是希望以自然、人性的方式來肯定墨子的人格形象與歷史貢獻。由於史書記載裡的聖哲先賢，都是以完美無缺的形象存在世人眼中，魯迅卻認為真正的偉大應該是一種合乎人性的真實表現。墨子趕到楚國去制止戰爭的行為，並不是為著自己的國家，而是從根本上就不希望有戰爭的發生。所以他是在沒有圖利自己的前提下，出自真誠地做出有益於社會大眾的事。魯迅呈現了墨子忠於自己內心而做出有利於他人的行為，以此來凸顯墨子崇高的人品性格。

出關

老子[1]毫無動靜的坐著，好像一段呆木頭。

「先生，孔丘又來了！」他的學生庚桑楚[2]，不耐煩似的走進來，輕輕的說。

「請……」

「先生，您好嗎？」孔子極恭敬的行著禮，一面說。

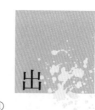

「我總是這樣子，」老子答道。「您怎麼樣？所有這裡的藏書，都看過了罷？」

「都看過了。不過……」孔子很有些焦躁模樣，這是他從來所沒有的。「我研究《詩》，《書》，《禮》，《樂》，《易》，《春秋》六經，自以為很長久了，夠熟透了。去拜見了七十二位主子，誰也不採用。人可真是難得說明白呵。還是『道』的難以說明白呢？」

「你還算運氣的哩，」老子說，「沒有遇著能幹的主子。六經這玩藝兒，只是先王的陳跡呀。那裡是弄出跡來的東西呢？你的話，可是和跡一樣的。跡是鞋子踏成的，但跡難道就是鞋子嗎？」停了一會，又接著說道：「白鶂們只要瞧著，眼珠子動也不動，然而自然有孕；蟲呢，雄的在上風叫，雌的在下風應，自然有孕；類是一身上兼具雌雄的，所以自然有孕。性，是不能改的；命，是不能換的；時，是不能留的；道，是不能塞的。只要得了道，什麼都行，可是如果失掉了，那就什麼都不行。」

孔子好像受了當頭一棒，亡魂失魄的坐著，恰如一段呆木頭。

大約過了八分鐘，他深深的倒抽了一口氣，就起身要告辭，一面照例很客氣的致謝著老子的教訓。

老子也並不挽留他，站起來扶著拄杖，一直送他到圖書館[3]的大門外。孔子就要上車了，他才留聲機似的說道：

「您走了？您不喝點兒茶去嗎？……」

孔子答應著「是是」，上了車，拱著兩隻手極恭敬的靠在橫板[4]上；冉有[5]把鞭子在空中一揮，嘴裡喊一聲「都」，車子就走動了。待到車子離開了大門十幾步，老子才回進自己的屋裡去。

「先生今天好像很高興，」庚桑楚看老子坐定了，才站在旁邊，垂著手，說。「話說的很不少……」

「你說的對。」老子微微的歎一口氣，有些頹唐⑥似的回答道。「我的話真也說的太多了。」他又彷彿突然記起一件事情來，「哦，孔丘送我的一隻雁鵝⑦，不是曬了臘鵝了嗎？你蒸蒸喫去罷。我橫豎沒有牙齒，咬不動。」

庚桑楚出去了。老子就又靜下來，合了眼。圖書館裡很寂靜。只聽得竹竿子碰著屋簷響，這是庚桑楚在取掛在簷下的臘鵝。

一過就是三個月。老子仍舊毫無動靜的坐著，好像一段呆木頭。

「先生，孔丘來了哩！」他的學生庚桑楚，詫異似的走進來，輕輕的說。「他不是長久沒來了嗎？這的來，不知道是怎的？……」

「請……」老子照例只說了這一個字。

「先生，您好嗎？」孔子極恭敬的行著禮，一面說。

「我總是這樣子，」老子答道。「長久不看見了，一定是躲在寓裡用功罷？」

「那裡那裡，」孔子謙虛的說。「沒有出門，在想著。想通了一點：鴉鵲親嘴；魚兒塗口水；細腰蜂兒化別個；懷了弟弟，做哥哥的就哭。我自己久不投在變化裡了，這怎麼能夠變化別人呢！……」

「對對！」老子道。「您想通了！」

大家都從此沒有話，好像兩段呆木頭。

大約過了八分鐘，孔子這才深深的呼出了一口氣，就起身要告辭，一面照例很客氣的致謝著老子的教訓。

老子也並不挽留他。站起來扶著拄杖，一直送他到圖書館的大門外。孔子就要上車了，他才留聲機似的說道：

「您走了？您不喝點兒茶去嗎？……」

孔子答應著「是是」，上了車，拱著兩隻手極恭敬的靠在橫板上；冉有把鞭子在空中一揮，嘴裡喊一聲「都」，車子就走動了。待到車子離開了大門十幾步，老子才回進自己的屋裡去。

「先生今天好像不大高興，」庚桑楚看老子坐定了，才站在旁邊，垂著手，說。

「話說的很少……」

「你說的對。」老子微微的歎一口氣，有些頹唐的回答道。「可是你不知道：我看我應該走了。⑧」

「這為什麼呢？」庚桑楚大吃一驚，好像遇著了晴天的霹靂。

「孔丘已經懂得了我的意思。他知道能夠明白他的底細的，只有我，一定放心不下。我不走，是不大方便的……」

「那麼，不正是同道了嗎？還走什麼呢？」

「不，」老子擺一擺手，「我們還是道不同。譬如同是一雙鞋子罷，我的是走流沙，⑨他的是上朝廷的。」

「但您究竟是他的先生呵！」

「你在我這裡學了這許多年，還是這麼老實，」老子笑了起來，「這真是性不能改，命不能換了。你要知道孔丘和你不同：他以後就不再來，也再不叫我先生，只叫我老頭子，背地裡還要玩花樣了呀。」

「我真想不到。但先生的看人是不會錯的……」

「不，開頭也常常看錯。」

「那麼，」庚桑楚想了一想，「我們就和他幹一下……」

老子又笑了起來，向庚桑楚張開嘴：

「您看：我牙齒還有嗎？」他問。

「沒有了。」庚桑楚回答說。

「舌頭還在嗎？」

「在的。」

「懂了沒有？」

「先生的意思是說：硬的早掉，輭的卻在嗎？」

「你說的對。我看你也還不如收拾收拾，回家看看你的老婆去罷。但先給我的那匹青牛[10]刷一下，鞍韉曬一下。我明天一早就要騎的。」

老子到了函谷關[11]，沒有直走通到關口的大道，卻把青牛一勒，轉入岔路，在城根下慢慢的遶著。他想爬城。城牆倒並不高，只要站在牛背上，將身一聳，是勉強爬得上的；但是青牛留在城裡，卻沒法搬出城外去。倘要搬，得用起重機，無奈這時魯般和墨翟還都沒有出世，老子自己也想不到會有這玩意。總而言之：他用盡哲學的腦筋，只是一個沒有法。

然而他更料不到當他彎進岔路的時候，已經給探子望見，立刻去報告了關官。所以遶不到七八丈路，一群人馬就從後面追來了。那個探子躍馬當先，其次是關官，就是關尹喜[12]，還帶著四個巡警和兩個簽子手[13]。

「站住！」幾個人大叫著。

老子連忙勒住青牛，自己是一動也不動，好像一段呆木頭。

「阿呀！」關官一衝上前，看見了老子的臉，就驚叫了一聲，即刻滾鞍下馬，打著拱，說道：「我道是誰，原來是老聃館長。這真是萬想不到的。」

老子也趕緊爬下牛背來，細著眼睛，看了那人一看，含含胡胡的說：「我記性壞……」

「自然，自然，先生是忘記了的。我是關尹喜，先前因為上圖書館去查《稅收精義》，曾經拜訪過先生……」

這時簽子手便翻了一通青牛上的鞍韉，又用簽子刺一個洞，伸進指頭去掏了一下，一聲不響，橛著嘴走開了。

「先生在城圈邊溜溜？」關尹喜問。

「不，我想出去，換換新鮮空氣……」

「那很好！那好極了！現在誰都講衛生，衛生是頂要緊的。不過機會難得，我們要請先生到關上去住幾天，聽聽先生的教訓……」

老子還沒有回答，四個巡警就一擁上前，把他扛在牛背上，簽子手用簽子在牛屁股上刺了一下，牛把尾巴一捲，就放開腳步，一同向關口跑去。

到得關上，立刻開了大廳來招待他。這大廳就是城樓的中一間，臨窗一望，只見外面全是黃土的平原，愈遠愈低；天色蒼蒼，真是好空氣。這雄關就高踞峻坂之上，門外左右全是土坡，中間一條車道，好像在峭壁之間。實在是只要一丸泥就可以封住的[14]。

大家喝過開水，再喫餑餑。讓老子休息一會之後，關尹喜就提議要他講學了。老子早知道這是免不掉的，就滿口答應。於是轟轟了一陣，屋裡逐漸坐滿了聽講的人們。同來的八人之外，還有四個巡警，兩個簽子手，五個探子，一個書記，賬房和廚房。有幾個還帶著筆，刀，木札[15]，預備抄講義。

老子像一段呆木頭似的坐在中央，沉默了一會，這才咳嗽幾聲，白鬍子裡面的嘴唇在動起來了。大家即刻屏住呼吸，側著耳朵聽。只聽得他慢慢的說道：

「道可道，非常道；名可名，非常名。無名，天地之始；有名，萬物之母……」

大家彼此面面相覷⑯，沒有抄。

「故常無欲以觀其妙，」老子接著說，「常有欲以觀其竅。此兩者，同出而異名。同，謂之玄，玄之又玄，眾妙之門⑰……」

大家顯出苦臉來了，有些人還似乎手足失措。一個簽子手打了一個大呵欠，書記先生竟打起磕睡來，嘩啷一聲，刀，筆，木札，都從手裡落在席子上面了。

老子彷彿並沒有覺得，但彷彿又有些覺得似的，因為他從此講得詳細了一點。然而他沒有牙齒，發音不清，打著陝西腔，夾上湖南音，「哩」「呢」不分，又愛說什麼「呃」：大家還是聽不懂。可是時間加長了，來聽他講學的人，倒格外的受苦。

為面子起見，人們只好熬著，但後來總不免七倒八歪斜，各人想著自己的事，待到講到「聖人之道，為而不爭」，住了口了，還是誰也不動彈。老子等了一會，就加上一句道：

「呃，完了！」

大家這才如大夢初醒，雖然因為坐得太久，兩腿都麻木了，一時站不起身，但心裡又驚又喜，恰如遇到大赦[18]的一樣。

於是老子也被送到廂房裡，請他去休息。他喝過幾口白開水，就毫無動靜的坐著，好像一段呆木頭。

人們卻還在外面紛紛議論。過不多久，就有四個代表進來見老子，大意是說他的話講的太快了，加上國語不大純粹，所以誰也不能筆記。沒有記錄，可惜非常，所以要請他補發些講義。

「來篤話啥西，俺實直頭聽弗懂[19]！」賬房說。

「還是耐自家寫子出來末哉。寫子出來末，總算弗白嚼蛆一場哉啘。阿是[20]？」書記先生道。

老子也不十分聽得懂，但看見別的兩個把筆，刀，木札，都擺在自己的面前了，就料是一定要他編講義。他知道這是免不掉的，於是滿口答應；不過今天太晚了，要明天才開手。

代表們認這結果為滿意，退出去了。

第二天早晨，天氣有些陰沉沉，老子覺得心裡不舒適，不過仍須編講義，因為他急於要出關，而出關，卻須把講義交卷。他看一眼面前的一大堆木札，似乎覺得更加不舒適了。

然而他還是不動聲色，靜靜的坐下去，寫起來。回憶著昨天的話，想一想，寫一句。那時眼鏡還沒有發明，他的老花眼睛細得好像一條線，很費力；除去喝白開水和喫餑餑的時間，寫了整整一天半，也不過五千個大字。

「為了出關，我看這也敷衍得過去了。」他想。

於是取了繩子，穿起木札來，計兩串，扶著拄杖，到關尹喜的公事房裡去交稿，並且聲明他立刻要走的意思。

關尹喜非常高興，非常感謝，又非常惋惜，堅留他多住一些時，但看見留不住，便換了一副悲哀的臉相，答應了，命令巡警給青牛加鞍。一面自己親手從架子上挑出一包鹽，一包胡麻，十五個餑餑來，裝在一個充公的白布口袋裡送給老子做路上的糧食。並且聲明：這是因為他是老作家，所以非常優待，假如他年紀青，餑餑就只能有十個了。

老子再三稱謝，收了口袋，和大家走下城樓，到得關口，還要牽著青牛走路；關尹喜竭力勸他上牛，遜讓一番之後，終於也騎上去了。作過別，撥轉牛頭，便向峻坂的大路上慢慢的走去。

不多久，牛就放開了腳步。大家在關口目送著，去了兩三丈遠，還辨得出白髮，黃袍，青牛，白口袋，接著就塵頭逐步而起，罩著人和牛，一律變成灰色，再一會，已只有黃塵滾滾，什麼也看不見了。

大家回到關上，好像卸下了一副擔子，伸一伸腰，又好像得了什麼貨色似的，咂一咂嘴，好些人跟著關尹喜走進公事房裡去。

「這就是稿子？」賬房先生提起一串木札來，翻著，說。「字倒寫得還乾淨。我看到市上去賣起來，一定會有人要的。」

書記先生也湊上去，看著第一片，唸道：

「『道可道，非常道』……哼，還是這些老套。真教人聽得頭痛，討厭……」

「醫頭痛最好是打打盹。」賬房放下了木札，說。

「哈哈哈！……我真只好打盹了。老實說，我是猜他要講自己的戀愛故事，這才去聽的。要是早知道他不過這麼胡說八道，我就壓根兒不去坐這麼大半天受罪……」

「這可只能怪您自己看錯了人，」關尹喜笑道。「他那裡會有戀愛故事呢？他壓根兒就沒有過戀愛。」

「您怎麼知道？」書記詫異的問。

「這也只能怪您自己打了磕睡，沒有聽到他說『無為而無不為』。這傢伙真是『心高於天，命薄如紙』，想『無不為』，就只好『無為』。一有所愛，就不能無不愛，那裡還能戀愛，敢戀愛？您看看您自己就是：現在只要看見一個大姑娘，不論好醜，就眼睛甜膩膩的都像是你自己的老婆。將來娶了太太，恐怕就要像我們的賬房先生一樣，規矩一些了。」

窗外起了一陣風，大家都覺得有些冷。

「這老頭子究竟是到那裡去，去幹什麼的？」書記先生趁勢岔開了關尹喜的話。

「自說是上流沙去的，」關尹喜冷冷的說。「看他走得到。外面不但沒有鹽，麵，連水也難得。肚子餓起來，我看是後來還要回到我們這裡來的。」

「那麼，我們再叫他著書。」賬房先生高興了起來。「不過餑餑真也太費。那時候，我們只要說宗旨已經改為提拔新作家，兩串稿子，給他五個餑餑也足夠了。」

「那可不見得行。要發牢騷，鬧脾氣的。」

「餓過了肚子，還要鬧脾氣？」

「我倒怕這種東西，沒有人要看。」書記搖著手，說。「連五個餑餑的本錢也撈不回。譬如罷，倘使他的話是對的，那麼，我們的頭兒就得放下關官不做，這才是無不做，是一個了不起的大人……」

「那倒不要緊，」賬房先生說，「總有人看的。交卸了的關官和還沒有做關官的隱士，不是多得很嗎？……」

窗外起了一陣風，括上黃塵來，遮得半天暗。這時關尹喜向門外一看，只見還站著許多巡警和探子，在獃聽他們的閒談。

「獃站在這裡幹什麼？」他吆喝道。「黃昏了，不正是私販子爬城偷稅的時候了嗎？巡邏去！」

門外的人們，一溜煙跑下去了。屋裡的人們，也不再說什麼話，賬房和書記都走出去了。關尹喜才用袍袖子把案上的灰塵拂了一拂，提起兩串木札來，放在堆著充公的鹽，胡麻，布，大豆，餑餑等類的架子上。

發表於一九三六年一月

注釋

①**老子** 春秋時楚國人，中國古代思想家，道家學派的創始者。《史記．老子韓非列傳》說：「老子者，楚苦縣厲鄉曲仁里人也。姓李氏，名耳，字聃，周守藏室之史也。孔子適周，將問禮於老子，老子曰：『子所言者，其人與骨皆已朽矣，獨其言在耳。』……老子修道德，其學以自隱無名為務。居周久之，見周之衰，迺遂去。至關，關令尹喜曰：『子將隱矣，強為我著書。』於是老子迺著書上下篇，言道德之意五千餘言而去，莫知其所終。」關於老聃其人其書的時代，孔丘曾否見過老聃，近代學者的看法不一。現存《老子》（一名《道德經》），分〈道經〉、〈德經〉上下兩篇，是戰國時人編纂的傳為老聃的言論集。

②**庚桑楚** 老聃弟子。《莊子．庚桑楚》中說：「老聃之役，有庚桑楚者，偏得老聃之道，以北居畏壘之山。」役，在此是門徒、弟子的意思。

③**圖書館** 《史記．老子韓非列傳》說老子曾作周室「守藏室之史」，司馬貞《索隱》：「藏室史乃周藏書室之史也。」藏書室是古代帝王收藏圖書文獻的地方。史，古代掌管圖書、記事、曆象的史官。

④**橫板** 古稱為「軾」，即設置車廂前端供乘車者憑倚的橫木。古人在車上用俯首憑軾表示敬禮。

⑤**冉有** 名求，春秋時魯國人，孔丘弟子。

⑥**頹唐** 衰敗頹廢的樣子。

⑦**雁鵝** 古代士大夫初相見時，用雁作為禮物。《儀禮・士相見禮》：「下大夫相見以雁。」清代王引之以為雁鵝即鵝（見《經義述聞》）。

⑧**我看我應該走了** 此處即表示老聃有離去的意思。關於老聃西出函谷的原因，魯迅在〈〈出關〉的「關」〉中說是因為孔丘的幾句話，又說，這個說法是依據章太炎的意見。以下摘錄章太炎著《諸子學略說》裡與此相關的一節：「……雖然老子以其權術授之孔子，而征藏故書，亦悉為孔子詐取。孔子之權術，乃有過於老子者。孔學本出於老，以儒道之形式有異，不欲崇奉以為本師；……而懼老子發其覆也，於是說老子曰：『烏鵲孺，魚傅沫，細要者化，有弟而兄啼。』（見《莊子・天運》，意謂己述六經，學皆出於老子，吾書先成，子名將奪，無可如何也。）老子膽怯，不得不曲從其請。逢蒙殺羿之事，又其素所怵惕也。胸有不平，欲一舉發，而孔氏之徒遍布東夏，吾言朝出，首領可以夕斷。於是西出函谷，

知秦地之無儒，而孔氏之無如我何，則始著《道德經》，以發其覆。借令其書早出，則老子必不免於殺身，如少正卯在魯與孔子并，孔子之門，三盈三虛，（見《論衡・講瑞》）猶以爭名致戮，而況老子之陵駕其上者乎？……」章太炎的這種說法，只是一種推測，魯迅在〈〈出關〉的「關」〉中也說，「我也並不信為一定的事實」。

⑨**流沙** 古代指中國西北的沙漠地區。

⑩**青牛** 關於老聃騎青牛出關的傳說，《史記・老子韓非列傳》司馬貞《索隱》引《列異傳》說：「老子西游，關令尹喜望見其有紫氣浮關，而老子果乘青牛而過。」

⑪**函谷關** 位於今河南靈寶縣東北，東自崤山，西至潼津，通名函谷；關城在谷中，戰國時秦國所置。

⑫**關尹喜** 相傳為函谷關關尹。

⑬**簽子手** 舊時稱關卡上持鐵簽查驗貨物的人。

⑭**一丸泥就可以封住** 形容函谷關的形勢險要，用少數兵力即可扼守的意思。「丸泥」，見《後漢書・隗囂傳》中王元對隗囂說的話：「元請以一丸泥為大王東封函谷關。」古時用泥丸封緘木簡，所以王元有丸泥封關的譬喻。

⑮ **筆，刀，木札** 中國古代還沒有紙的時候，記事時用筆點漆寫在竹簡或木札上，寫錯了就用刀削去，因而同時用這三種工具。

⑯ **面面相覷** 互相對視的樣子，用來比喻驚懼不知所措的表情。

⑰ **道可道，非常道……玄之又玄，眾妙之門** 自「道可道」至「眾妙之門」，連成一段，是《老子》全書開始的一章。下文「聖人之道，為而不爭」，是全書最末一句。「無為而無不為」，是第四十八章中的一句。

⑱ **大赦** 由國家元首依法頒令，對於全國的罪犯予以赦免。

⑲ **來篤話啥西，俺實直頭聽弗懂** 這句話間雜著南北方言，意思是：「你在說些什麼，我實在聽不懂！」

⑳ **還是耐自家寫子出來末哉……阿是** 這是蘇州方言，意思是：「還是你自己寫出來吧。寫了出來，總算不白白地瞎說一場。是吧？」

賞析

〈出關〉和〈非攻〉一樣，也是魯迅重新改寫歷史人物與事件的故事之一。〈出關〉描述老子在孔丘與他對談幾次之後，萌生出關的念頭。然而老子在出關的途中，卻被關尹喜攔下，並且給請了回去為大家講學。老子講學之餘，還被半強迫性地寫下五千言的《道德經》之後，才得離開。這段故事基本上與古書的記載並無太大出入；不過其中關於老子出關的原因，魯迅曾做過如此說明：「老子的西出函谷，為了孔子的幾句話，並非我的發見或創造，是三十年前，在東京從太炎先生口頭聽來的，後來他寫在《諸子學略說》中，但我也並不信為一定的事實。至於孔老相爭，孔勝老敗，卻是我的意見；老，是尚柔的；『儒者，柔也』，孔也尚柔，但孔以柔進取，而老卻以柔退走。這關鍵，即在孔子為『知其不可為而為之』的事無大小，均不放鬆的實行者，老則是『無為而無不為』的一事不做，徒作大言的空談家。要無所不為，就只好一無所為，因為一有所為，就有了界限，不能算是無不為了。我同意於關尹子的嘲笑：他是連老婆也娶不成的。於是加以漫畫化，送他出了關，毫無愛惜。」（參看魯迅《且介亭雜文末編．〈出關〉的「關」》。）

很明顯地，魯迅對於尚空談、尚柔弱、傾向離群遁世的老子，似乎不表認同。魯迅「揚禹、墨，抑儒、道」的文化傾向，再一次清楚地反映在他對這些歷史人物的形象塑造之中。老子在函谷關的遭遇是既可笑又可憐的，簡單來說就是一切任人擺布。關尹喜要老子講學，他知道免不掉，所以雖然不願意，也只能滿口答應。老子對著書記、帳房、廚師等人物講述「道可道，非常道……」簡直是對牛彈琴，可是他偏偏硬著頭皮繼續講下去。大家要求他編寫講義，他知道這也是免不掉的，又只好答應；等到第二天，他覺得心裡不舒服，看到面前一大堆木札，心裡又更不舒服，可是他還是只好耐著性子編寫講義……。魯迅用幽默嘲弄的筆調，十分生動地描寫了老子被迫講學寫稿的情形。老子一生講求清靜無為，可是一個小小的出關就讓他不得安寧；老子強調柔弱勝剛強的道理，但是柔弱最後導致的就是虛無與逃避。像老子這樣的人物，像《道德經》這樣的道家思想，對二十世紀初急需振興富強的中國而言，不但沒有用，並且是有害的。魯迅藉著對老子事蹟的重塑，最主要是想批評道家的虛無思想，更進而批判當時中國社會裡那些一事不做，徒有大言的空談家。

當然，魯迅也想通過孔子這個人物，來揭露儒家的陰險虛偽；通過關尹喜和書記、帳房等人物，來諷刺官吏的庸俗勢利以及淺薄無聊。例如，在那些慕名前來聽老子講學的官吏們中，「一個簽子手打了一個大呵欠，書記先生竟打起磕睡來」，其他的人到後來也不免「七倒八歪斜，各人想著自己的事」。關尹喜對於老子的講稿自然也是不感興趣的，這時他做著官職，對他來說最重要的是《稅收精義》一類的書籍以及如何防範私販子爬城偷稅的事。他之所以要把那兩串老子編寫的書札「放在堆著充公的鹽，胡麻，布，大豆，餑餑等類的架子上」，而沒有把它們扔進垃圾桶裡，只不過是因為他曾經付給老子一包鹽、一包胡麻、十五個餑餑，因此心裡感到捨不得罷了。在這裡，一個小官僚的庸俗與勢利，同樣也被魯迅刻畫得鮮明淋漓。

散・文・卷

娜拉走後怎樣

我今天要講的是「娜拉走後怎樣？」

伊孛生是十九世紀後半的瑙威的一個文人。他的著作，除了幾十首詩之外，其餘都是劇本。這些劇本裡面，有一時期是大抵含有社會問題的，世間也稱作「社會劇」，其中有一篇就是《娜拉》。

《娜拉》一名 Ein Puppenheim，中國譯作《傀儡家庭》。但 Puppe 不單是牽線的傀儡，孩子抱著玩的人形也是[①]；引申開去，別人怎麼指揮，他便怎麼做的人也是。娜拉當初是滿足地生活在所謂幸福的家庭裡的，但是她竟覺悟了：自己是丈夫的傀儡，孩子們又是她的傀儡。她於是走了，只聽得關門聲，接著就是閉幕。這想來大家都知道，不必細說了。

娜拉要怎樣纔不走呢？或者說伊孛生自己有解答，就是 (Die Frauvom Meer)，《海的女人》，中國有人譯作《海上夫人》的。這女人是已經結婚的了，然而先前有一個愛人在海的彼岸，一日突然尋來，叫她一同去。她便告知她的丈夫，要和那外來人會面。

臨末，她的丈夫說「現在放你完全自由。（走與不走）你能夠自己選擇，並且還要自己負責任」。於是什麼事全都改變，她就不走了。這樣看來，娜拉倘也得到這樣的自由，或者也便可以安住。

但娜拉畢竟是走了的。走了以後怎樣？伊孛生並無解答；而且他已經死了。即使不死，他也不負解答的責任。因為伊孛生是在做詩，不是為社會提出問題來而且代為解答。就如黃鶯一樣，因為牠自己要歌唱，所以牠歌唱，不是要唱給人們聽得有趣，有益。伊孛生是很不通世故的，相傳在許多婦女們一同招待他的筵宴上，代表者起來致謝他作了《傀儡家庭》，將女性的自覺、解放這些事，給人心以新的啟示的時候，他卻答道：「我寫那篇卻並不是這意思，我不過是做詩。」

娜拉走後怎樣？——別人可是也發表過意見的。一個英國人曾作一篇戲劇，說一個新式的女子走出家庭，再也沒有路走，終於墮落，進了妓院了。還有一個中國人，——我稱他什麼呢？上海的文學家罷，——說他所見的《娜拉》是和現譯本不同，娜拉終於回來了。這樣的本子可惜沒有第二人看見，除非是伊孛生自己寄給他的。但從事理上推想起來，娜拉或者也實在只有兩條路：不是墮落，就是回來。因為如果是一匹小鳥，則籠子裡固然不自由，而一出籠門，外面便又有鷹，有貓，以及別的什麼東西之類；倘使已經關得麻痺了翅子，忘卻了飛翔，也誠然是無路可以走。還有一條，就是餓死了，但餓死已經離開了生活，更無所謂問題，所以也不是什麼路。

人生最苦痛的是夢醒了無路可以走。做夢的人是幸福的；倘沒有看出可走的路，最要緊的是不要去驚醒他。你看，唐朝的詩人李賀[2]，不是困頓了一世的麼？而他臨死的時候，卻對他的母親說，「阿媽，上帝造成了白玉樓，叫我做文章落成去了。」這豈非明明是一個誑[3]，一個夢？然而一個小的和一個老的，一個死的和一個活的，死的高興地死去，活的放心地活著。說誑和做夢，在這些時候便見得偉大。所以我想，假使尋不出路，我們所要的倒是夢。

但是，萬不可做將來的夢。阿爾志跋綏夫[4]曾經借了他所做的小說，質問過夢想將來的黃金世界的理想家，因為要造那世界，先喚起許多人們來受苦。他說，「你們將黃金世界預約給他們的子孫了，可是有什麼給他們自己呢？」有是有的，就是將來的希望。但代價也太大了，為了這希望，要使人練敏了感覺來更深切地感到自己的苦痛，叫起靈魂來目睹他自己的腐爛的屍骸。惟有說誑和做夢，這些時候便見得偉大。所以我想，假使尋不出路，我們所要的就是夢；但不要將來的夢，只要目前的夢。

然而娜拉既然醒了，是很不容易回到夢境的，因此只得走；可是走了以後，有時卻也免不掉墮落或回來。否則，就得問：她除了覺醒的心以外，還帶了什麼去？倘只有一條像諸君一樣的紫紅的絨繩的圍巾，那可是無論寬到二尺或三尺，也完全是不中用。她還須更富有，提包裡有準備，直白地說，就是要有錢。

夢是好的；否則，錢是要緊的。

錢這個字很難聽，或者要被高尚的君子們所非笑，但我總覺得人們的議論是不但昨天和今天，即使飯前和飯後，也往往有些差別。凡承認飯需錢買，而以說錢為卑鄙者，倘能按一按他的胃，那裡面怕總還有魚肉沒有消化完，須得餓他一天之後，再來聽他發議論。

所以為娜拉計，錢，——高雅的說罷，就是經濟，是最要緊的了。自由固不是錢所能買到的，但能夠為錢而賣掉。人類有一個大缺點，就是常常要飢餓。為補救這缺點起見，為準備不做傀儡起見，在目下的社會裡，經濟權就見得最要緊了。第一、在家應該先獲得男女平均的分配；第二、在社會應該獲得男女相等的勢力。可惜我不知道這權柄如何取得，單知道仍然要戰鬥；或者也許比要求參政權更要用劇烈的戰鬥。

要求經濟權固然是很平凡的事，然而也許比要求高尚的參政權以及博大的女子解放之類更煩難。天下事儘有小作為比大作為更煩難的。譬如現在似的冬天，我們只有這一件棉襖，然而必須救助一個將要凍死的苦人，否則便須坐在菩提樹下冥想普度⑤一切人類的方法去。普度一切人類和救活一人，大小實在相去太遠了，然而倘叫我挑選，我就立刻到菩提樹下去坐著，因為免得脫下唯一的棉襖來凍殺自己。所以在家裡說要參政權，是不至於大遭反對的，一說到經濟的平勻分配，或不免面前就遇見敵人，這就當然要有劇烈的戰鬥。

戰鬥不算好事情，我們也不能責成人人都是戰士，那麼，平和的方法也就可貴了，這就是將來利用了親權來解放自己的子女。中國的親權是無上的，那時候，就可以將財產平勻地分配子女們，使他們平和而沒有衝突地都得到相等的經濟權，此後或者去讀書，或者去生發，或者為自己去享用，或者為社會去做事，或者去花完，都請便，自己負責任。這雖然也是頗遠的夢，可是比黃金世界的夢近得不少了。但第一需要記性。記性不佳，是有益於己而有害於子孫的。人們因為能忘卻，所以自己能漸漸地脫離了受過的苦痛，也因為能忘卻，所以往往照樣地再犯前人的錯誤。被虐待的兒媳做了婆婆，仍然虐待兒媳；嫌惡學生的官吏，每是先前痛罵官吏的學生；現在壓迫子女的，有時也就是十年前的家庭革命者。這也許與年齡和地位都有關係罷，但記性不佳也是一個很大的原因。救濟法就是各人去買一本notebook⑥來，將自己現在的思想舉動都記上，作為將來年齡和地位都改變了之後的參考。假如憎惡孩子要到公園去的時候，取來一翻，看見上面有一條道，「我想到中央公園去」，那就即刻心平氣和了。別的事也一樣。

世間有一種無賴精神，那要義就是韌性。聽說拳匪⑦亂後，天津的青皮，就是所謂無賴者，很跋扈，譬如給人搬一件行李，他就要兩元，對他說這行李小，他說要兩元，對他說道路近，他說要兩元，對他說不要搬了，他說也仍然要兩元。青皮固然是不足為法的，而那韌性卻大可以佩服。要求經濟權也一樣，有人說這事情太陳腐了，就答道要經濟權；說是太卑鄙了，就答道要經濟權；說是經濟制度就要改變了，用不著再操心，也仍然答道要經濟權。

其實，在現在，一個娜拉的出走，或者也許不至於感到困難的，因為這人物很特別，舉動也新鮮，能得到若干人們的同情，幫助著生活。生活在人們的同情之下，已經是不自由了，然而倘有一百個娜拉出走，便連同情也減少，有一千一萬個出走，就得到厭惡了，斷不如自己握著經濟權之為可靠。

在經濟方面得到自由，就不是傀儡了麼？也還是傀儡。無非被人所牽的事可以減少，而自己能牽的傀儡可以增多罷了。因為在現在的社會裡，不但女人常作男人的傀儡，就是男人和男人，女人和女人，也相互地作傀儡，男人也常作女人的傀儡，這決不是幾個女人取得經濟權所能救的。但人不能餓著靜候理想世界的到來，至少也得留一點殘喘，正如涸轍之鮒⑧，急謀升斗之水一樣，就要這較為切近的經濟權，一面再想別的法。

如果經濟制度竟改革了，那上文當然完全是廢話。

然而上文，是又將娜拉當作一個普通的人物而說的，假使她很特別，自己情願闖出去做犧牲，那就又另是一回事。我們無權去勸誘人做犧牲，也無權去阻止人做犧牲。況且世上也儘有樂於犧牲，樂於受苦的人物。歐洲有一個傳說，耶穌去釘十字架時，休息在Ahasvar⑨的簷下，Ahasvar不准他，於是被了咒詛，使他永世不得休息，直到末日裁判的時候。Ahasvar從此就歇不下，只是走，現在還在走。走是苦的，安息是樂的，他何以不安息呢？雖說背著咒詛，可是大約總該是覺得走比安息還適意，所以始終狂走的罷。

只是這犧牲的適意是屬於自己的，與志士們之所謂為社會者無涉。群眾，——尤其是中國的，——永遠是戲劇的看客。犧牲上場，如果顯得慷慨，他們就看了悲壯劇；如果顯得觳觫⑩，他們就看了滑稽劇。北京的羊肉鋪前常有幾個人張著嘴看剝羊，彷彿頗愉快，人的犧牲能給與他們的益處，也不過如此。而況事後走不幾步，他們並這一點愉快也就忘卻了。

對於這樣的群眾沒有法，只好使他們無戲可看倒是療救，正無需乎震駭一時的犧牲，不如深沉的韌性的戰鬥。

可惜中國太難改變了，即使搬動一張桌子，改裝一個火爐，幾乎也要血；而且即使有了血，也未必一定能搬動，能改裝。不是很大的鞭子打在背上，中國自己是不肯動彈的。我想這鞭子總要來，好壞是別一問題，然而總要打到的。但是從那裡來，怎麼地來，我也是不能確切地知道。

我這講演也就此完結了。

發表於一九二四年

注釋

①**人形** 人的外表形貌。小說在這裡指的是日語裡以人形為樣本所作成的玩偶。

②**李賀** 唐代詩人（七九〇—八一六），字長吉，昌谷（今河南宜陽）人。一生官職卑微，抑鬱不得志。著有《李長吉歌詩》四卷。

③**誑** 欺騙。

④**阿爾志跋綏夫** 俄國小說家（1878–1927）。他的作品主要描寫精神頹廢者的生活，有些也反映了沙皇統治的黑暗。十月革命後逃亡國外，死於華沙。

⑤**普度** 佛家語，意指廣施法力以救濟眾生。小說在這裡是借用關於釋迦牟尼的傳說。相傳佛教始祖釋迦牟尼（約西元前565—前486）有感於人生的生老病死等苦惱，在二十九歲時立志出家修行；然而遍歷各地，苦行六年，仍未能悟道。後來釋迦牟尼坐在菩提樹下發誓說：「若不成正覺，雖骨碎肉腐，亦不起此座。」靜思七日，就克服了各種煩惱，頓成「正覺」。

⑥**notebook** 英語，筆記簿。

⑦ **拳匪**　一九〇〇年爆發了義和團反對帝國主義的抗議行動，參加的人有中國北部的農民、手工業者、水陸運輸工人、士兵等等。他們採取了落後迷信的組織方式，設立拳會，練習拳棒，因而被稱為「拳民」，當時滿清政府和帝國主義者則稱他們為「拳匪」。

⑧ **涸轍之鮒**　用來比喻處於窮困的境地。語見《莊子・外物》。

⑨ **Ahasvar**　阿哈斯瓦爾，歐洲傳說中的一個補鞋匠，被稱為「流浪的猶太人」。

⑩ **觳觫**　恐懼顫抖的樣子。

賞析

魯迅於一九二三年秋季受聘為北京女子高等師範學校的講師，該年年底應邀在學校的文藝會上發表演說，講題為〈娜拉走後怎樣〉。這篇演講稿的內容主要是魯迅申述他對於婦女解放的意見；最初發表於一九二四年北京女子高等師範學校《文藝會刊》第六期，同年八月一日在上海《婦女雜誌》第十卷第八號上轉載。

一九二〇年代，易卜生（魯迅寫作「伊孛生」）的劇作因為透過胡適等人的翻譯和介紹，在中國頗為流行。其中「娜拉」，也就是《玩偶之家》（即《傀儡家庭》）的女主角，幾乎成了家喻戶曉的名字。一開始，胡適將易卜生的《玩偶之家》解釋為一種具有健全強壯人格的「個人主義」的出現；但是魯迅顯然認為單單是「個人主義」的號召，並無法解決當時中國青年們的問題。為此他在演講裡提出他的看法：「娜拉出走，按事理推想，實在只有兩條路：不是墮落，就是回來。」這是因為出走後的娜拉，勢必得面臨「錢」或是「經濟權」的問題。「自由固不是錢所能買到的，但能夠為錢而賣掉。」魯迅強調，他雖然不知道如何獲得經濟權，但是他看到了女性要反抗封建家庭與舊社會所要付出的代價。因此，經濟能力是所有婦女將來能否生存、能否獨立於男性與禮教之外的一個關鍵性因素。魯迅發現了當時婦女解放運動的盲點，因此他在支持婦女解放的同時，不忘提醒中國的娜拉們千萬不要輕忽「自由平等」的表象下可能隱藏著的陷阱。「人生最苦痛的是夢醒了無路可以走」，相信出走後的娜拉最痛苦的也應該是發現夢想的落空。因此，如何讓夢想不致淪為空想，這是所有青年朋友們應該認真重視的問題。

由於〈娜拉走後怎樣〉較為貼近散文的形式，魯迅更能自由地切入主題的各個層面，暢所欲言。讀者們不妨將〈娜拉走後怎樣〉和小說〈傷逝〉一起對照著閱讀，在感受作者的人道關懷精神的同時，也能領會小說與散文這兩種文學藝術形式的不同魅力。另外，我們在這篇演講稿的內容中可以發現，魯迅對中國社會裡的世道人心，其實是抱持相當悲觀的看法。雖然反抗體制需要訴諸強大的戰鬥力量，但是，很諷刺地，戰鬥到最後往往是出現歷史與暴力的輪迴。魯迅毫不留情地指出：「被虐待的兒媳做了婆婆，仍然虐待兒媳；嫌惡學生的官吏，每是先前痛罵官吏的學生；現在壓迫子女的，有時也就是十年前的家庭革命者。」在推動社會改革的道路上，魯迅雖然勇往直前，但他對中國的前途卻不是一味地樂觀天真。因為，他太了解中國社會與中國人民積累了數千年來的嚴重弊病，而那絕非一朝一夕所能拔除根治的。魯迅對中國社會問題的批判，字裡行間充滿絕不含糊其辭的現實感與歷史感，著實撼動人心。而他的見識、膽量和氣度也一直深受後人的推崇。

風箏

北京的冬季，地上還有積雪，灰黑色的禿樹枝丫叉於晴朗的天空中，而遠處有一二風箏浮動，在我是一種驚異和悲哀。

故鄉的風箏時節，是春二月，倘聽到沙沙的風輪聲，仰頭便能看見一個淡墨色的蟹風箏或嫩藍色的蜈蚣風箏。還有寂寞的瓦片風箏，沒有風輪，又放得很低，伶仃地顯出憔悴可憐模樣。但此時地上的楊柳已經發芽，早的山桃也多吐蕾，和孩子們的天上的點綴相照應，打成一片春日的溫和。我現在在那裡呢？四面都還是嚴冬的肅殺，而久經訣別的故鄉的久經逝去的春天，卻就在這天空中蕩漾了。

但我是向來不愛放風箏的，不但不愛，並且嫌惡它，因為我以為這是沒出息孩子所做的玩藝。和我相反的是我的小兄弟，他那是大概十歲內外罷，多病，瘦得不堪，然而最喜歡風箏，自己買不起，我又不許放，他只得張著小嘴，呆看著空中出神，有時至於小半日。遠處的蟹風箏突然落下來了，他驚呼；兩個瓦片風箏的纏繞解開了，他高興得跳躍。他的這些，在我看來都是笑柄，可鄙的。

有一天，我忽然想起，似乎多日不很看見他了，但記得曾見他在後園拾枯竹。我恍然大悟似的，便跑向少有人去的一間堆積雜物的小屋去，推開門，果然就在塵封的什物堆中發見了他。他向著大方凳，坐在小凳上；便很驚惶地站了起來，失了色瑟縮著。大方凳旁靠著一個胡蝶風箏的竹骨，還沒有糊上紙，凳上是一對做眼睛用的小風輪，正用紅紙條裝飾著，將要完工了。我在破獲祕密的滿足中，又很憤怒他的瞞了我的眼睛，這樣苦心孤詣地來偷做沒出息孩子的玩藝。我即刻伸手折斷了胡蝶的一支翅骨，又將風輪擲在地下，踏扁了。論長幼，論力氣，他是都敵不過我的，我當然得到完全的勝利，於是傲然走出，留他絕望地站在小屋裡。後來他怎樣，我不知道，也沒有留心。

然而我的懲罰終於輪到了，在我們離別得很久之後，我已經是中年。我不幸偶而看了一本外國的講論兒童的書，纔知道遊戲是兒童最正當的行為，玩具是兒童的天使。於是二十年來毫不憶及的幼小時候對於精神的虐殺的這一幕，忽地在眼前展開，而我的心也彷彿同時變了鉛塊，很重很重的墮下去了。

但心又不竟墮下去而至於斷絕，他只是很重很重地墮著，墮著。

我也知道補過的方法的：送他風箏，贊成他放，勸他放，我和他一同放。我們嚷著，跑著，笑著——然而他其時已經和我一樣，早已有了鬍子了。

我也知道還有一個補過的方法的：去討他的寬恕，等他說：「我可是毫不怪你呵。」那麼，我的心一定就輕鬆了，這確是一個可行的方法。有一回，我們會面的時候，是臉上都已添刻了許多「生」的辛苦的條紋，而我的心很沉重。我們漸漸談起兒時的舊事來，我便敘述到這一節，自說少年時代的胡塗。「我可是毫不怪你呵。」我想，他要說了，我即刻便受了寬恕，我的心從此也寬鬆了罷。

「有過這樣的事麼？」他驚異地笑著說，就像旁聽著別人的故事一樣。他什麼也不記得了。

全然忘卻，毫無怨恨，又有什麼寬恕之可言呢？無怨的恕，說謊罷了。

我還能希求什麼呢？我的心只得沉重著。

現在，故鄉的春天又在這異地的空中了，既給我久經逝去的兒時的回憶，而一并也帶著無可把握的悲哀。我倒不如躲到肅殺的嚴冬中去罷——但是，四面又明明是嚴冬，正給我非常的寒威和冷氣。

發表於一九二五年一月

賞析

魯迅的雜文通常充滿戰鬥性的色彩，不過就在這些批判性強烈的文章裡頭，有一小部分是充滿溫馨感性的抒情小品。這些文章主要是收錄在《朝花夕拾》、《且介亭雜文》等書中。它們有別於其他尖銳的文字，有的追憶故鄉點滴、有的述及童年往事，這些文字經過一段長時間的沖刷，如今顯得格外細緻動人。

在〈風箏〉這篇文章裡，魯迅回憶年幼時與弟弟發生的一件小插曲，透過這個事件的回憶，他細膩而誠懇地檢視了自己的心理與情感歷程。在魯迅的故鄉，早春時候是孩童們爭逐著放風箏的好季節，小他十來歲的弟弟非常喜愛風箏，往往「張著小嘴，呆看著空中出神，有時至於小半日」。可是在做哥哥的眼裡，卻認為「這是沒出息的孩子所做的玩藝」，因此不許弟弟玩風箏。有一次哥哥發現弟弟偷偷糊了一只風箏，在它還沒在天空翱翔之前，哥哥便將風箏給折壞踏扁了。像是發現弟弟做了壞事而給他應得的懲罰那般，作者當時的心情是帶著勝利且驕傲的喜悅的。等到中年以後，作者才赫然發現自己少年時候自以為是的殘酷。原來遊戲對兒童來說是必要且正當的，當時他以為放風箏是可笑可鄙的，而因此嚴厲禁止弟弟遊玩，這根本是對兒童的「精神的虐殺」，如今想來，當初的理直氣壯與堅持是多麼地無知和愚蠢啊！

想到這裡，做哥哥的便去求弟弟的寬恕，怎料弟弟笑說他根本不記得有過這樣的事。「全然忘卻，毫無怨恨，又有什麼寬恕之可言呢？……我還能希求什麼呢？我的心只得沉重著。」原本是希望獲得對方的原諒而讓自己的心情寬鬆，沒想到對方完全不記得有過這樣的事，所以也就沒有原諒不原諒可言的了。文章敘說至此，相信讀者們已經可以充分感受到作者的複雜心理與難過的情緒。因為哥哥確實是造成過傷害，但是這樣的傷害卻連彌補的機會都沒有。這種幽幽微微的悵然是最教人一輩子難受的了。

始終注意兒童成長和教育問題的魯迅，即使是在這篇抒情文章裡也仍然不減他的關懷之情；還有他藉由童年往事的回憶，提醒他的讀者們切莫造成「無可把握的悲哀」。在充滿感性的人物描寫中，還有作者罕見的感傷的情緒裡，我們看到硬漢魯迅的另一面，一種帶著敏感、纖細並且憂鬱的詩人般的性情。

夏三蟲

夏天近了，將有三蟲：蚤，蚊，蠅。

假如有誰提出一個問題，問我三者之中，最愛什麼，而且非愛一個不可，又不准像「青年必讀書」那樣的繳白卷的。我便只得回答道：跳蚤。

跳蚤的來吮血，雖然可惡，而一聲不響地就是一口，何等直截爽快。蚊子便不然了，一針叮進皮膚，自然還可以算得有點徹底的，但當未叮之前，要哼哼地發一篇大議論，卻使人覺得討厭。如果所哼的是在說明人血應該給牠充飢的理由，那可更其討厭了，幸而我不懂。

野雀野鹿，一落在人手中，總時時刻刻想要逃走。其實，在山林間，上有鷹鸇，下有虎狼，何嘗比在人手裡安全。為什麼當初不逃到人類中來，現在卻要逃到鷹鸇虎狼間去？或者，鷹鸇虎狼之於牠們，正如跳蚤之於我們罷。肚子餓了，抓著就是一口，決不談道理，弄玄虛。被喫者也無須在被喫之前，先承認自己之理應被喫，心悅誠服，誓死不二。人類，可是也頗擅長於哼哼的了，害中取小，牠們的避之惟恐不速，正是絕頂聰明。

蒼蠅嗡嗡地鬧了大半天，停下來也不過舐一點油汗，倘有傷痕或瘡癤，自然更占一些便宜；無論怎麼好的，美的，乾淨的東西，又總喜歡一律拉上一點蠅矢。但因為只舐一點油汗，只添一點腌臢，在痲木的人們還沒有切膚之痛，所以也就將牠放過了。中國人還不很知道牠能夠傳播病菌，捕蠅運動大概不見得興盛。牠們的運命是長久的；還要更繁殖。

但牠在好的，美的，乾淨的東西上拉了蠅矢之後，似乎還不至於欣欣然反過來嘲笑這東西的不潔：總要算還有一點道德的。

古今君子，每以禽獸斥人，殊不知便是昆蟲，值得師法的地方也多著哪。

發表於一九二五年四月

賞析

在這篇文章裡，魯迅巧妙地形容了三種害蟲的特性，並且藉此來比喻三類壞人的特質。有的人作風明確乾脆，他要傷害人，就像跳蚤一般，直接就是一口，從不囉唆。雖然都是害蟲，相比起來，蚊子要比跳蚤來得讓人討厭。同樣是吸人血，蚊子在叮人之前還要囉囉嗦嗦地發表長篇大論，似乎是在說明人血應該給牠充飢的理由。大多數的壞人像蚊子，擅長於哼哼的，在傷害別人之前還要說上一串光明正大的道理。蚊子的特性就好比是中國的封建禮教，它在「吃人」之前，還要向人說明他之所以應該被吃的道理。這種情形在中國社會裡所見雖多，然而中國人卻少有醒悟。

至於蒼蠅，雖然囉唆大半天，對人的傷害卻不大。蒼蠅不吸人血，頂多是舐一點油水，拉上一點蠅屎弄髒食物。並且不至於占了便宜還賣乖，嘲笑食物的骯髒。有些惡人的行狀好比像蒼蠅，不過卻連一點道德都不講。魯迅雖然最討厭的是蚊子，但是說到底，蒼蠅其實是這三種害蟲裡最應該要防範的。因為牠不會直接叮咬人，使人感到疼痛，而是散播病菌慢慢地傷害人體。人類沒有警覺性，不會把牠視為大患。

古人都是拿禽獸來罵人，魯迅發現用害蟲來比喻壞人，其實還不比禽獸來得差。即使是一篇小文章，魯迅對於邪惡不法勢力的尖銳批判，一樣躍然紙上。

我怎麼做起小說來

我怎麼做起小說來？——這來由，已經在《吶喊》的序文上，約略說過了。這裡還應該補敘一點的，是當我留心文學的時候，情形和現在很不同：在中國，小說不算文學，做小說的也決不能稱為文學家，所以並沒有人想在這一條道路上出世。我也並沒有要將小說抬進「文苑」裡的意思，不過想利用他的力量，來改良社會。

但也不是自己想創作，注重的倒是在紹介，在翻譯，而尤其注重於短篇，特別是被壓迫的民族中的作者的作品。因為那時正盛行著排滿論，有些青年，都引那叫喊和反抗的作者為同調的。所以「小說作法」之類，我一部都沒有看過，看短篇小說卻不少，小半是自己也愛看，大半則因了搜尋紹介的材料。也看文學史和批評，這是因為想知道作者的為人和思想，以便決定應否紹介給中國。和學問之類，是絕不相干的。

因為所求的作品是叫喊和反抗，勢必至於傾向了東歐，因此所看的俄國、波蘭以及巴爾幹諸小國作家的東西就特別多。也曾熱心的搜求印度、埃及的作品，但是得不到。記得當時最愛看的作者，是俄國的果戈理①(N. Gogol)和波蘭的顯克微支②(H. Sienkiewicz)。

日本的，是夏目漱石③和森鷗外④。

回國以後，就辦學校，再沒有看小說的工夫了，這樣的有五六年。為什麼又開手了呢？——這也已經寫在《吶喊》的序文裡，不必說了。但我的來做小說，也並非自以為有做小說的才能，只因為那時是住在北京的會館裡的⑤，要做論文罷，沒有參考書，要翻譯罷，沒有底本，就只好做一點小說模樣的東西塞責，這就是〈狂人日記〉。大約所仰仗的全在先前看過的百來篇外國作品和一點醫學上的知識，此外的準備，一點也沒有。

但是《新青年》的編輯者，卻一回一回的來催，催幾回，我就做一篇，這裡我必得記念陳獨秀先生⑥，他是催促我做小說最著力的一個。

自然，做起小說來，總不免自己有些主見的。例如，說到「為什麼」做小說罷，我仍抱著十多年前的「啟蒙主義」，以為必須是「為人生」，而且要改良這人生。我深惡先前的稱小說為「閑書」，而且將「為藝術的藝術」，看作不過是「消閑」的新式的別號。所以我的取材，多採自病態社會的不幸的人們中，意思是在揭出病苦，引起療救的注意。所以我力避行文的嘮叨，只要覺得夠將意思傳給別人了，就寧可什麼陪襯拖帶也沒有。中國舊戲上，沒有背景，新年賣給孩子看的花紙上，只有主要的幾個人（但現在的花紙卻多有背景了），我深信對於我的目的，這方法是適宜的，所以我不去描寫風月，對話也決不說到一大篇。

我做完之後，總要看兩遍，自己覺得拗口的[7]，就增刪幾個字，一定要它讀得順口；沒有相宜的白話，寧可引古語，希望總有人會懂，只有自己懂得或連自己也不懂的生造出來的字句，是不大用的。這一節，許多批評家之中，只有一個人看出來了，但他稱我為Stylist[8]。

所寫的事跡，大抵有一點見過或聽到過的緣由，但決不全用這事實，只是採取一端，加以改造，或生發開去，到足以幾乎完全發表我的意思為止。人物的模特兒也一樣，沒有專用過一個人，往往嘴在浙江，臉在北京，衣服在山西，是一個拼湊起來的腳色。有人說，我的那一篇是罵誰，某一篇又是罵誰，那是完全胡說的。

不過這樣的寫法，有一種困難，就是令人難以放下筆。一氣寫下去，這人物就逐漸活動起來，盡了他的任務。但倘有什麼分心的事情來一打岔，放下許久之後再來寫，性格也許就變了樣，情景也會和先前所豫想的不同起來。例如我做的〈不周山〉，原意是在描寫性的發動和創造，以至衰亡的，而中途去看報章，見了一位道學的批評家[9]攻擊情詩的文章，心裡很不以為然，於是小說裡就有一個小人物跑到女媧的兩腿之間來，不但不必有，且將結構的宏大毀壞了。但這些處所，除了自己，大概沒有人會覺到的，我們的批評大家成仿吾先生，還說這一篇做得最出色。

我想，如果專用一個人做骨幹，就可以沒有這弊病的，但自己沒有試驗過。

忘記是誰說的了，總之是，要極省儉的畫出一個人的特點，最好是畫他的眼睛。我以為這話是極對的，倘若畫了全副的頭髮，即使細得逼真，也毫無意思。我常在學學這一種方法，可惜學不好。

可省的處所，我決不硬添，做不出的時候，我也決不硬做，但這是因為我那時別有收入，不靠賣文為活的緣故，不能作為通例的。

還有一層，是我每當寫作，一律抹殺各種的批評。因為那時中國的創作界固然幼稚，批評界更幼稚，不是舉之上天，就是按之入地，倘將這些放在眼裡，就要自命不凡，或覺得非自殺不足以謝天下的。批評必須壞處說壞，好處說好，才於作者有益。

但我常看外國的批評文章，因為他於我沒有恩怨嫉恨，雖然所評的是別人的作品，卻很有可以借鏡之處。但自然，我也同時一定留心這批評家的派別。

以上，是十年前的事了，此後並無所作，也沒有長進，編輯先生要我做一點這類的文章，怎麼能呢。拉雜寫來，不過如此而已。

發表於一九三三年六月

注釋

①**果戈理** 俄國十九世紀最優秀的小說家之一（1809–1852）。可以說是諷刺文學、批判現實主義文學的奠基人。他出生於烏克蘭的一個地主家庭，在彼得堡當過小公務員，薪俸微薄，生活拮据，這使他深刻體驗了「小人物」的悲哀，也親眼目睹了官僚們的荒淫無恥、貪贓枉法、腐敗墮落。重要代表作有《狂人日記》、《彼得堡的故事》、《欽差大臣》、《死魂靈》等等。

②**顯克微支** 波蘭作家（1846–1916）。作品主要反映波蘭農民的痛苦生活，和波蘭人民反對異族侵略的鬥爭。著有歷史小說三部曲《火與劍》、《洪流》、《伏洛竇耶夫斯基先生》和中篇小說《炭畫》等。

③**夏目漱石** 日本小說家（1867–1916）。自幼學習漢文，長大後轉攻英國文學，其深厚的文學素養奠定了他在近代日本文壇的地位。一九〇五年發表長篇小說《我是貓》，大受好評，更因此被譽為最有價值之新時代作家。此後陸續發表《心》、《少爺》、《草枕》、《三四郎》、《門》、《行人》、《明暗》等小說，均廣受讀者歡迎。夏目漱石對寫作專注而熱情，並且大

力提拔文學後彥，影響所及，文風大盛，可謂日本近代文學的鼻祖。

④**森鷗外** 日本小說家、文學評論家（1862–1922）。本名森林太郎。於東京帝大醫學部畢業之後，即被任命為陸軍軍醫副（相當於中尉），服務於東京陸軍醫院。森鷗外既是一位醫生，也是日本近代極具代表性的作家之一。他的文字清新典雅，在日本文學史上與夏目漱石齊名。一八八四年遠赴德國留學四年。歸國後，將留學期間與一位德國女子之間的悲戀故事，寫成了首部小說《舞姬》，引起注意。森鷗外除了短篇小說《舞姬》、《泡沫記》、《送信人》，另外在詩作、評論、翻譯等方面均有優秀的表現。

⑤**會館** 指北京宣武門外南半截胡同的「紹興縣館」。一九一二年五月至一九一九年十一月作者曾在此寄住。

⑥**陳獨秀** 字仲甫（一八八〇—一九四二），安徽懷寧人，原為北京大學教授，《新青年》雜誌的創辦人，「五四」時期提倡新文化運動的主要人物。「五四」時期，他在寫給魯迅胞弟周作人的信件中，極力敦促魯迅從事小說寫作；例如一九二〇年三月十一日的信裡說道：「我們很盼望豫才先生為《新青年》創作小說，請先生告訴他。」又八月二十二日信：「魯迅兄做的小說，我實在五體投地的佩服。」

⑦**拗口** 名詞或字句唸起來不順口，發音容易錯誤。

⑧**Stylist** 文體家。作者這裡所指的可能是黎錦明。黎錦明曾在〈論體裁描寫與中國新文藝〉一文中說：「西歐的作家對於體裁，是其第一安到著作的路的門徑，還竟有所謂體裁家(Stylist)者。……我們的新文藝，除開魯迅、葉紹鈞二三人的作品還可見到有體裁的修養外，其餘大都似乎隨意的把它掛在筆頭上。」

⑨**一位道學的批評家** 指胡夢華。他在一九二二年十月二十四日《時事新報・學燈》上發表〈讀了《蕙的風》以後〉，文章攻擊汪靜之的詩集《蕙的風》，認為其中某些情詩是「墮落輕薄」的作品，有「不道德的嫌疑」。參看魯迅《熱風・反對「含淚」的批評家》。

賞析

這篇文章乃是魯迅應上海天馬書店編輯的邀約而寫的，後來收錄在該書局出版的《創作的經驗》一書中。根據《吶喊．自序》裡魯迅自己的解釋，他之所以學習西醫，除了因為他父親當年為中藥所誤，也由於得知日本明治維新大半發端於西方醫學的影響。因此，當時的他認為西方醫學可以拯救衰敗不堪的中國。習醫期間，魯迅偶然在微生物學的課堂上看到一張幻燈片；幻燈片裡，一名替蘇聯作偵探的中國人正要被日軍砍頭示眾，場邊觀看砍頭的是另一群中國人，一樣是強壯的體格，臉上卻顯露出麻木的神情。這件事使魯迅大受刺激；他因而覺悟到西方醫學並非中國的當務之急，與其尋求用西方醫學改變國人體格，遠不如以文藝改變國人的精神來得重要。這就是魯迅為何習醫，爾後又棄醫從文的原委；而魯迅在〈我怎麼做起小說來〉這篇文章裡，便開宗明義地說出他創作小說的目的，正是想要借用文學的力量「來改良社會」。

〈我怎麼做起小說來〉這篇文章，是魯迅與讀者分享他創作的實務經驗以及心得感想。首先，他強調文學應該是「為人生而藝術」的價值取向。他的小說不喜歡描寫風花雪月，他的取材大多來自那些飽受不幸遭遇的人們，希望從中引起社會大眾的關切，激發改革或者救難的熱情。他尤其注重對弱小、受壓迫的民族的關懷，闡揚人道主義的基本精神。再者，就藝術成就而言，魯迅認為好的作品應該是要具備掌握重點、表現精神的能力。「要極省儉的畫出一個人的特點，最好是畫他的眼睛。……倘若畫了全副的頭髮，即使細得逼真，也毫無意思。」顯然魯迅並不讚賞工筆素描式的表現方式，因為精細逼真的同時，也就是模糊創作宗旨之處。就連小說裡的對話，魯迅也力求明確精簡，嘮嘮叨叨地說上一大篇反而容易拖弱文氣、轉移文章焦點。

最後，魯迅認為創作者應該不要受到時下批評文章的過度影響。一篇好的批評文章，可以評點一部作品的優點與缺點，對創作者而言是受益的。然而很可惜的是，當時中國的文學批評界，缺乏完善的品評標準，因此時有過譽或者過譭的狀況發生。完全讚揚讓創作者誤以為自己的作品完美無瑕，因而失去再精進的機會；過度貶抑也會讓創作者喪失信心，甚至裹足不前、放棄創作。假若能遇到一篇完善的批評文章，客觀公允地指出優點與缺點，對創作者而言將會有極大的助益。

魯迅是一個啟蒙主義者，他是從啟發民智、改造國民性的願望出發，來從事文藝創作的。正是基於藝術要用來改良社會的目的，所以魯迅對於寫作的內容和形式各方面的要求，是內外一致、互為表裡的。

電影的教訓

當我在家鄉的村子裡看中國舊戲的時候，是還未被教育成「讀書人」的時候，小朋友大抵是農民。愛看的是翻筋斗，跳老虎，一把煙焰，現出一個妖精來；對於劇情，似乎都不大和我們有關係。大面和老生的爭城奪地，小生和正旦的離合悲歡，全是他們的事，捏鋤頭柄人家的孩子，自己知道是決不會登壇拜將，或上京赴考的。但還記得有一齣給了感動的戲，好像是叫作《斬木誠》[1]。一個大官蒙了不白之冤，非被殺不可了，他家裡有一個老家丁，面貌非常相像，便代他去「伏法」。那悲壯的動作和歌聲，真打動了看客的心，使他們發見了自己的好模範。因為我的家鄉的農人，農忙一過，有些是給大戶去幫忙的。為要做得像，臨刑時候，主母照例的必須去「抱頭大哭」，然而被他踢開了，雖在此時，名分也得嚴守，這是義士，忠僕，好人。

但到我在上海看電影的時候，卻早是成為「下等華人」的了，看樓上坐著白人和闊人，樓下排著中等和下等的「華胄」，銀幕上現出白色兵們打仗，白色老爺發財，白色小姐結婚，白色英雄探險，令看客佩服，羨慕，恐怖，自己覺得做不到。但當白色英雄探險非洲時，卻常有黑色的忠僕來給他開路，服役，拚命，替死，使主子安然的回家；待到他豫備第二次探險時，忠僕不可再得，便又記起了死者，臉色一沉，銀幕上就現出一個他記憶上的黑色的面貌。黃臉的看客也大抵在微光中把臉色一沉：他們被感動了。

幸而國產電影也在掙扎起來，聳身一跳，上了高牆，舉手一揚，擲出飛劍，不過這也和十九路軍[2]一同退出上海，現在是正在準備開映屠格納夫的《春潮》[3]和茅盾的《春蠶》[4]了。當然，這是進步的。但這時候，卻先來了一部竭力宣傳的《瑤山豔史》[5]。

這部片子，主題是「開化瑤民」，機鍵是「招駙馬[6]」，令人記起《四郎探母》[7]以及《雙陽公主追狄》[8]這些戲本來。中國的精神文明主宰全世界的偉論，近來不大聽到了，要想去開化，自然只好退到苗瑤之類的裡面去，而要成這種大事業，卻首先須「結親」，黃帝子孫，也和黑人一樣，不能和歐亞大國的公主結親，所以精神文明就無法傳播。這是大家可以由此明白的。

發表於一九三三年九月

注釋

①**斬木誠** 根據下文所述情節，《斬木誠》應是出自清代李玉著傳奇《一捧雪》。木誠應作莫誠，為劇中人莫懷古之僕。

②**十九路軍** 指國民政府第十九路軍。一九三二年一月二十八日日本軍隊進攻上海，駐在上海的十九路軍曾進行抵抗。但國民黨政府後來與日本帝國主義簽訂上海停戰協定，便將十九路軍調往福建。

③**春潮** 屠格納夫的中篇小說，一九三三年上海亨生影片公司曾據以拍攝為同名影片。

④**春蠶** 茅盾的短篇小說，一九三三年由上海明星影片公司改編拍攝為同名影片。

⑤**瑤山豔史** 一部侮辱少數民族的影片，上海藝聯影業公司出品。片中有在瑤區從事「開化」工作的男主角向瑤王女兒求愛，決心不再「出山」的情節。一九三三年九月初在上海公映時，影片公司在各報大登廣告。該片曾獲嘉獎，「開化瑤民」一語，見於嘉獎函中。

⑥**駙馬** 漢朝設有「駙馬都尉」，掌管御馬；魏晉開始，公主的配偶授與「駙馬都尉」的職位，此後駙馬成為公主配偶的專稱。

⑦**四郎探母** 京劇，內容是北宋與遼交戰，宋將楊四郎（延輝）被俘，當了駙馬。後來四郎之母佘太君統兵征遼，四郎思母，潛回宋營探望，然後重返遼邦。

⑧**雙陽公主追狄** 京劇，內容是北宋大將狄青西征途中誤走單單國，被誘與單單王之女雙陽公主成親。後來狄青逃出，繼續西行，至風火關，公主追來，斥他負義；狄青以實情相告，公主感動，將他放走。

賞析

魯迅一生與電影結下了不解之緣。在他的大半生中，上電影院的次數頗多。他對電影的涉獵極廣，片種不拘一格，十分推崇進步的外國電影。尤其對前蘇聯的早期革命電影情有獨鍾，許廣平就曾回憶說，魯迅對蘇聯的片子是每部都不肯錯過的，不管電影院的遠近他們都會想辦法前往觀賞。雖然，在當時很難看到這些蘇聯電影，魯迅還是想盡辦法看了十部之多。特別是在他逝世前的幾天，觀看了由普希金小說改編的《復仇豔遇》，魯迅把它視為最大的慰藉。對於美國電影，他以「拿來主義」的態度接受、欣賞。二十世紀的二、三〇年代，美國電影已是大量傳送到世界各地的影院，其中充斥著絢爛斑斕並且紛雜的美國文化特點。對於傳入中國的美國電影，魯迅雖然時有表示不滿和批評，但更多的還是成了他觀察美國文化，以及作為文化娛樂的重要媒介。

〈電影的教訓〉這篇文章，可以說是魯迅透過「電影」這個媒介，對二十世紀初的中國社會所進行的文化觀察。作者首先以輕鬆幽默的筆法，對於那些徒受電影表面故事感動、卻缺乏思考反省能力的中國民眾，表達慨歎遺憾之情。不論是以前舊社會裡的野臺戲，抑或者新時代的西方舶來品——電影，中國觀眾似乎都停留在故事表面的感傷濫情階段，絲毫不察戲劇裡所傳達出來的封建遺緒以及帝國主義思想。所以家丁頂替主人扛罪、黑奴為白人拼命、犧牲者諷刺性地被冠以忠僕、義士、好人的虛名；中國觀眾因為沒有自由、平等與人權的現代觀念，所以被劇中的故事與人物的行為深深感動。卻沒有人察覺這是封建思想與帝國主義的勾結，它們灌輸階級制度與種族歧視，讓中國觀眾在感動之餘並且認同，最終失去反省和批判的能力。

中國人的庸眾性格可以透過觀看影片時的反應顯露無疑，同樣地，中國電影裡常常充斥自大偏執的漢人中心思想。即使是在現代，竟然還有「開化瑤民」如此充滿族群歧視和偏見的電影上映。更諷刺的是，這類影片居然還受到嘉獎。對此，魯迅少不了也要來上一頓冷嘲熱諷，「中國的精神文明主宰全世界的偉論，近來不大聽到了，要想去開化，自然只好退到苗瑤之類的裡面去，而要成這種大事業，卻首先須『結親』……」因為比不過歐美進步的西方文明，中國只好退縮到一些更為弱勢的族群裡，裝腔作態、稱王稱帝。魯迅尖刻地嘲笑了中國的自大迂腐心態，說穿了不過就是一隻不肯面對現實的紙老虎。

電影是現代文明的重要產物，也是進步的象徵之一。「電影」作為另一種全新型態的文化刺激，對二十世紀初的中國社會其實有著長足深遠的影響。無論是西方電影或者中國國產影片，魯迅對於電影的價值判斷，首重影片的正面教化功能，然後才是從中見智見識，愉悅身心。對於電影藝術層面的批評，也總是透露出他執著的個性。對於一些腐朽保守的片子，魯迅則毫不客氣地加以揭露、抨擊；這是作家耿直性情的表現。身為新知識分子領導者之一的魯迅，對電影的內容及其文化教育功能的關注之情，可謂溢於言表。

拿來主義

中國一向是所謂「閉關主義」，自己不去，別人也不許來。自從給槍礮打破了大門之後，又碰了一串釘子，到現在，成了什麼都是「送去主義」了。別的且不說罷，單是學藝上的東西，近來就先送一批古董到巴黎去展覽，但終「不知後事如何」；還有幾位「大師」們捧著幾張古畫和新畫，在歐洲各國一路的掛過去，叫作「發揚國光」[1]。聽說不遠還要送梅蘭芳博士到蘇聯去，以催進「象徵主義」[2]，此後是順便到歐洲傳道。我在這裡不想討論梅博士演藝和象徵主義的關係，總之，活人替代了古董，我敢說，也可以算得顯出一點進步了。

但我們沒有人根據了「禮尚往來」的儀節，說道：拿來！

當然，能夠只是送出去，也不算壞事情，一者見得豐富，二者見得大度。尼采[3]就自詡過他是太陽，光熱無窮，只是給與，不想取得。然而尼采究竟不是太陽，他發了瘋。中國也不是，雖然有人說，掘起地下的煤來，就足夠全世界幾百年之用。但是，幾百年之後呢？幾百年之後，我們當然是化為魂靈，或上天堂，或落了地獄，但我們的子孫是在的，所以還應該給他們留下一點禮品。要不然，則當佳節大典之際，他們拿不出東西來，只好磕頭賀喜，討一點殘羹冷炙做獎賞。

這種獎賞，不要誤解為「拋來」的東西，這是「拋給」的，說得冠冕些，可以稱之為「送來」，我在這裡不想舉出實例。

我在這裡也並不想對於「送去」再說什麼，否則太不「摩登」了。我只想鼓吹我們再吝嗇一點。「送去」之外，還得「拿來」，是為「拿來主義」。

但我們被「送來」的東西嚇怕了。先有英國的鴉片，德國的廢鎗礮，後有法國的香粉，美國的電影，日本的印著「完全國貨」的各種小東西。於是連清醒的青年們，也對於洋貨發生了恐怖。其實，這正是因為那是「送來」的，而不是「拿來」的緣故。

所以我們要運用腦髓，放出眼光，自己來拿！

譬如罷，我們之中的一個窮青年，因為祖上的陰功（姑且讓我這麼說說罷），得了一所大宅子，且不問他是騙來的，搶來的，或合法繼承的，或是做了女婿換來的。那麼，怎麼辦呢？我想，首先是不管三七二十一，「拿來」！但是，如果反對這宅子的舊主人，怕給他的東西染汙了，徘徊不敢走進門，是孱頭；勃然大怒，放一把火燒光，算是保存自己的清白，則是昏蛋。不過因為原是羨慕這宅子的舊主人的，而這回接受一切，欣欣然的蹩進臥室，大吸剩下的鴉片，那當然更是廢物。「拿來主義」者是全不這樣的。

他占有，挑選。看見魚翅，並不就拋在路上以顯其「平民化」，只要有養料，也和朋友們像蘿蔔白菜一樣的吃掉，只不用牠來宴大賓；看見鴉片，也不當眾摔在毛廁裡，以見其徹底革命，只送到藥房裡去，以供治病之用，卻不弄「出售存膏，售完即止」的玄虛。只有煙槍和煙燈，雖然形式和印度，波斯，阿剌伯的煙具都不同，確可以算是一種國粹，倘使背著周遊世界，一定會有人看，但我想，除了送一點進博物館之外，其餘的是大可以毀掉的了。還有一群姨太太，也大以請她們各自走散為是，要不然，「拿來主義」怕未免有些危機。

總之，我們要拿來。我們要或使用，或存放，或毀滅。那麼，主人是新主人，宅子也就會成為新宅子。然而首先要這人沉著，勇猛，有辨別，不自私。沒有拿來的，人不能自成為新人，沒有拿來的，文藝不能自成為新文藝。

發表於一九三四年六月

注釋

①**發揚國光** 一九三二年至一九三四年間，美術家徐悲鴻、劉海粟曾分別去歐洲一些國家舉辦中國美術展覽或個人美術作品展覽。「發揚國光」是一九三四年五月二十八日《大晚報》報導這些消息時的用語。

②**象徵主義** 象徵主義(Symbolism)是十九世紀末期流行於歐洲（主要是法國）的藝術思潮，它是一項非組織嚴密的運動，與法國詩壇的象徵主義運動有關聯。它的產生是對印象派藝術和寫實主義所標榜的原則的反動，試圖以視覺形象來表達神祕和隱蔽的感覺。一九三四年五月二十八日《大晚報》報導：「蘇俄藝術界向分寫實與象徵兩派，現寫實主義已漸沒落，而象徵主義則經朝野一致提倡，引成欣欣向榮之概。自彼邦藝術家見我國之書畫作品深合象徵派後，即憶及中國戲劇亦必採取象徵主義。因擬……邀中國戲曲名家梅蘭芳等前往奏藝。」魯迅曾在《花邊文學・誰在沒落》一文中批評《大晚報》的這種歪曲報導。

③**尼采** 德國哲學家(1844–1900)。他否定所有既成價值、權威，反對蘇格拉底的形而上學和基督教文化，堅決抵抗十九世紀末的歐洲文明。尼采主張人性不變的特質，以及超越缺陷

而面對現實的哲學理論；是唯意志論和「超人」哲學的鼓吹者。這裡所述尼采的話，見於他的《查拉圖斯特拉如是說．序言》。

賞析

「拿來主義」既不是「閉關主義」，也不是「送來主義」。閉關主義是古老帝國妄自尊大的產物，自己不出去、也不許別人進來；與世隔絕、落後而不自知，並且還多少帶點對外恐懼症。一旦國門被外國的槍砲破壞、打開後，就出現了所謂的「送來主義」。送來主義的主動權掌握在外來者，而不是接受者；換句話說，人家給你什麼你就接受什麼，沒有選擇的權利。於是乎，先有英國的鴉片、德國的槍砲、繼之是法國的香粉、美國的電影、日本的各種小玩意，這些東西一一送進中國，大多數對中國社會造成負面的影響。

但是「拿來主義」可就截然不同。「拿來主義」充分掌握了主動權，是「運用腦髓，放出眼光，自己來拿！」「拿來主義」也不是將別人的東西拿來就好，是要經過挑選、並且發揮其最大的正面效用。例如，鴉片雖然對一般正常人的身體健康為害甚深，但是它在醫療上卻是不可或缺的重要物資；那麼我們就應該把它「拿來」運用在治病的「正途」上。魯迅提出「拿來主義」，對中國的新文化運動以及新文化事業非常重要。「沒有拿來的，人不能自成為新人，沒有拿來的，文藝不能自成為新文藝。」而他的拿來主義，不但適用於吸收外來的優良文化，同樣也適用在對待中國的文化遺產。文章裡關於繼承老宅的比喻，就是說明這樣的觀點。

從孩子的照相說起

因為長久沒有小孩子，曾有人說，這是我做人不好的報應，要絕種的。房東太太討厭我的時候，就不准她的孩子們到我這裡玩，叫作「給他冷清冷清，冷清得他要死！」但是，現在卻有了一個孩子，雖然能不能養大也很難說，然而目下總算已經頗能說些話，發表他自己的意見了。不過不會說還好，一會說，就使我覺得他仿佛也是我的敵人。

他有時對於我很不滿，有一回，當面對我說：「我做起爸爸來，還要好……」甚而至於頗近於「反動」，曾經給我一個嚴厲的批評道：「這種爸爸，什麼爸爸!?」

我不相信他的話。做兒子時，以將來的好父親自命，待到自己有了兒子的時候，先前的宣言早已忘得一乾二淨了。況且我自以為也不算怎麼壞的父親，雖然有時也要罵，甚至於打，其實是愛他的。所以他健康，活潑，頑皮，毫沒有被壓迫得瘟頭瘟腦。如果真的是一個「什麼爸爸」，他還敢當面發這樣反動的宣言麼？

但那健康和活潑，有時卻也使他吃虧，九一八事件後，就被同胞誤認為日本孩子，罵了好幾回，還挨過一次打——自然是並不重的。這裡還要加一句說的聽的，都不十分舒服的話：近一年多以來，這樣的事情可是一次也沒有了。

中國和日本的小孩子，穿的如果都是洋服，普通實在是很難分辨的。但我們這裡的有些人，都有一種錯誤的速斷法：溫文爾雅，不大言笑，不大動彈的，是中國孩子；健壯活潑，不怕生人，大叫大跳的，是日本孩子。

然而奇怪，我曾在日本的照相館裡給他照過一張相，滿臉頑皮，也真像日本孩子；後來又在中國的照相館裡照了一張相，相類的衣服，然而面貌很拘謹，馴良，是一個道地的中國孩子了。

為了這事，我曾經想了一想。

這不同的大原因，是在照相師的。他所指示的站或坐的姿勢，兩國的照相師先就不相同，站定之後，他就瞪了眼睛，覗機攝取他以為最好的一剎那的相貌。孩子被擺在照相機的鏡頭之下，表情是總在變化的，時而活潑，時而頑皮，時而馴良，時而拘謹，時而煩厭，時而疑懼，時而無畏，時而疲勞……。照住了馴良和拘謹的一剎那的，是中國孩子相；照住了活潑或頑皮的一剎那的，就好像日本孩子相。

馴良之類並不是惡德。但發展開去，對一切事無不馴良，卻決不是美德，也許簡直倒是沒出息。「爸爸」和前輩的話，固然也要聽的，但也須說得有道理。假使有一個孩子，自以為事事都不如人，鞠躬倒退；或者滿臉笑容，實際上卻總是陰謀暗箭，我實在寧可聽到當面罵我「什麼東西」的爽快，而且希望他自己是一個東西。

但中國一般的趨勢，卻只在向馴良之類——「靜」的一方面發展，低眉順眼，唯唯諾諾，才算一個好孩子，名之曰「有趣」。活潑，健康，頑強，挺胸仰面……凡是屬於「動」的，那就未免有人搖頭了，甚至於稱之為「洋氣」。又因為多年受著侵略，就和這「洋氣」為仇；更進一步，則故意和這「洋氣」反一調：他們活動，我偏靜坐；他們講科學，我偏扶乩；他們穿短衣，我偏著長衫；他們重衛生，我偏吃蒼蠅；他們壯健，我偏生病……這才是保存中國固有文化，這才是愛國，這才不是奴隸性。

其實，由我看來，所謂「洋氣」之中，有不少是優點，也是中國人性質中所本有的，但因了歷朝的壓抑，已經萎縮了下去，現在就連自己也莫名其妙，統統送給洋人了。這是必須拿它回來——恢復過來的——自然還得加一番慎重的選擇。

即使並非中國所固有的罷，只要是優點，我們也應該學習。即使那老師是我們的仇敵罷，我們也應該向他學習。我在這裡要提出現在大家所不高興說的日本來，他的會摹仿，少創造，是為中國的許多論者所鄙薄的，但是，只要看看他們的出版物和工業品，早非中國所及，就知道「會摹仿」決不是劣點，我們正應該學習這「會摹仿」的。「會摹仿」又加以有創造，不是更好麼？否則，只不過是一個「恨恨而死」① 而已。

我在這裡還要附加一句像是多餘的聲明：我相信自己的主張，決不是「受了帝國主義者的指使」②，要誘中國人做奴才；而滿口愛國，滿身國粹，也於實際上的做奴才並無妨礙。

發表於一九三四年八月

注釋

①**恨恨而死**　意謂徒自憤恨不平，而不去進行實際的改革工作。參看魯迅《熱風・隨感錄六十二・恨恨而死》。

②**受了帝國主義者的指使**　一九三四年七月二十五日魯迅在《申報・自由談》發表了〈玩笑只當它玩笑（上）〉一文，批判當時某些藉口反對歐化句法而攻擊白話文的人。八月七日，文公直在同刊發表致魯迅的公開信，說他主張採用歐化句法是「受了帝國主義者的指使」。參看《花邊文學・玩笑只當它玩笑（上）》一文的附錄。「帝國主義」一詞原出自古代史中帝制羅馬時代的「皇帝國家」，指在羅馬軍團的武力征服下、以羅馬法為基礎建制而成的統治領域。而以組織、維持，並強化此等往往包括多種異民族異疆域的「皇帝國家」為目的的國家活動，當時被概稱為「帝國主義」。這種古代政治用語，到了十九世紀七〇年代才變成一般性的用語，成為以武力為後盾的擴張主義和殖民主義的代名詞。

賞析

早在五四時期，魯迅就寫過許多有關兒童教育問題的文章，直到他晚年，還是持續不斷對這個問題保持關注。在〈從孩子的照相說起〉這篇文章裡，魯迅藉由比較中國與日本孩童的照相神情與姿態，說明兩種民族文化對孩童的教養影響。日本孩童在相機面前，是活潑大方、調皮可愛的各種自然表現；相反的中國孩童則是一臉正經、不苟言笑的神情，其中最大的差別就在於中國人總是以「馴良」為標準來教養小孩。

魯迅反對以「馴良」作為標準來培育兒童，因為在馴良的背後，包含著對自然個性的壓抑。孩子們個個低眉順眼，唯唯諾諾，這並非順著自然個性發展的現象，而是長期受到管束與壓抑的結果。這樣的養育方式，容易造成孩童的心理扭曲，無法（也不敢）直接而充分地表達自己的真正意見或看法。魯迅認為，大人與孩童在「人格」上的地位應是平等的。爸爸與長輩的話固然要聽，但也必須講得有理，否則孩童應該要有當面提出自己意見的權利。

「兒童」是現代進步社會的重要基樑；五四時期的中國在強調個性解放與人性覺醒

的同時，連帶引發大家對兒童教養方式的重視。唯有培育自然成長的兒童，人性的部分才不會受到抑制，才會有健全人格的成人。魯迅認為應該要參考、學習外國教育兒童的方法，讓中國的孩子能夠健康、活潑、快樂地成長。這才是順乎人性發展的做法。

魯迅年表

一八八一年　一歲

九月二十五日出生於浙江省紹興縣。原名樟壽，字豫山，後改名樹人，字豫才。父親周鳳儀、母親魯瑞，祖父周福清。

一八八七年　七歲

入家塾，從叔祖玉田讀書。

一八九二年　十二歲

入三味書屋讀書。

一八九三年　十三歲

秋，祖父因科場案入獄。

三味書屋，這是魯迅少年時期唸書的私塾。(《中國語文》第六冊，p.88，香港教育圖書公司)

一八九四年　十四歲

冬，父親病重，魯迅常出入當鋪和藥店。家道中落，飽受人間冷暖。

一八九六年　十六歲

十月，父親病逝，享年三十七歲。

一八九八年　十八歲

五月，考入南京江南水師學堂。

十月，因不滿水師學堂的腐敗、守舊，改考入江南陸師學堂附設礦務鐵路學堂。此時受康梁維新影響，又讀《天演論》等譯著，開始接受進化論與民主思想。

一九〇二年　二十二歲

一月，從礦路學堂畢業。

四月，由江南督練公所派往日本留學，入東京弘文學院學習日語。

十一月，與許壽裳、陶成章等百餘人在東京組成浙江同鄉會，決定出版《浙江潮》月刊。課餘積極參加當時愛國志士的反清革命活動。

一九〇三年　二十三歲

三月，剪去髮辮。

六月，在《浙江潮》第五期發表〈斯巴達之魂〉。

十月，譯作《月界旅行》由東京進化社出版。

一九〇四年　二十四歲

四月，自弘文學院畢業。

九月，考入仙台醫學專門學校。寒假期間，與東京之浙江革命組織光復會聯繫。

一九〇六年　二十六歲

一月，在觀看一部反映日俄戰爭的幻燈片時深受刺激，於是決定棄醫從文，希望能夠透過文藝來改造中國的國民精神。

三月，從仙台醫學專門學校退學到東京，開始從事文藝活動。

同月，譯作《地底旅行》由南京啟新書局出版。

夏秋間，奉母命回紹興與朱安女士結婚。婚後即返東京。

一九〇七年　二十七歲

夏，籌辦文藝雜誌《新生》，無成。

冬，作〈人之歷史〉、〈科學史教篇〉、〈文化偏至論〉、〈摩羅詩力說〉，先後發表在河南留學生主辦的《河南》月刊上。

一九〇八年　二十八歲

夏，與許壽裳、錢玄同、周作人等請章太炎在民報社講解《說文解字》。

本年，加入反清祕密革命團體光復會。

一九〇九年　二十九歲

三月，與周作人合譯之《域外小說集》第一冊在東京自費出版；七月，《域外小說集》第二冊出版。

八月，結束日本留學生活，回國。

九月，任杭州浙江兩級師範學堂生理學、化學教員。

一九一〇年　三十歲

九月，改任紹興府中學堂生物學教員及監學。

本年，開始輯錄古小說和會稽史地書。

一九一一年　三十一歲

十月，辛亥革命爆發；十一月，杭州光復。為迎接紹興光復，魯迅曾率領學生武裝演說隊上街宣傳革命，散發傳單。支持越社青年辦《越鐸日報》。

冬，作文言短篇小說〈懷舊〉，後載一九一三年四月上海《小說月報》四卷一期。

一九一二年　三十二歲

二月，應教育總長蔡元培邀請，到南京任教育部部員。

五月，隨臨時政府遷往北京，任教育部僉事與社會教育司第一科科長。

一九一四年　三十四歲

開始研讀佛教典籍。

十一月，輯《會稽故事雜集》成，並作序文。

一九一五年　三十五歲

九月一日，兼任教育部通俗教育研究會小說股主任。

（本年九月《青年雜誌》創刊，於一九一六年改名為《新青年》）

一九一七年　三十七歲

七月三日，因張勳復辟，憤而離職。亂平後，十六日回教育部工作。

秋，錢玄同為《新青年》約稿，多次來訪。

一九一八年　三十八歲

小說〈狂人日記〉寫成，發表於五月十五日《新青年》月刊四卷五期。此時開始使用筆名「魯迅」。同期並且發表新詩三篇，署名唐俟。

七月二十日，作論文〈我之節烈觀〉，抨擊封建禮教，載八月十五日《新青年》月刊五卷二期。

九月，開始在《新青年》「隨感錄」欄陸續發表雜感。

冬，作小說〈孔乙己〉，翌年刊登於四月十五日《新青年》月刊六卷四期。

一九一九年　三十九歲

四月二十五日，作小說〈藥〉，載五月《新青年》月刊六卷五期。

（五四運動）

六月，作小說〈明天〉，載十月三十日《新潮》月刊二卷一期。

十月，作論文〈我們現在怎樣做父親〉。

十二月一日，小說〈一件小事〉載北京《晨報週年紀念增刊》。

一九二〇年　四十歲

八月五日，作小說〈風波〉，載九月一日《新青年》月刊八卷一期。

秋，開始兼任北京大學、北京高等師範學校講師，直至一九二六年離京為止。

一九二一年　四十一歲

一月，作小說〈故鄉〉，載五月一日《新青年》月刊九卷一期。

十二月四日，中篇小說〈阿Q正傳〉由北京《晨報副刊》開始連載，至次年二月二日載畢。

一九二二年　四十二歲

五月，譯成愛羅先珂童話劇《桃色的雲》，翌年七月由北京新潮社出版。

同月，與周建人、周作人合譯之《現代小說譯叢》，由上海商務印書館出版。

六月，作小說〈白光〉，載七月十日上海《東方雜誌》半月刊十九卷十三期。

同月，作小說〈端午節〉，載九月十日《小說月報》十三卷九期。

十月，作小說〈兔和貓〉，載同月十日北京《晨報副刊》雙十特號。

同月，作小說〈鴨的喜劇〉，載十二月一日上海《婦女雜誌》月刊八卷十二期。

同月，作小說〈社戲〉，載十二月十日《小說月報》十三卷十二期。

十一月，作歷史小說〈不周山〉（後改名〈補天〉），載北京《晨報四週年紀念增刊》。

十二月，編成小說集《吶喊》，並作〈自序〉，翌年八月由北京新潮社出版，收小說十五篇。

一九二三年　四十三歲

六月，與周作人合譯之《現代日本小說集》由上海商務印書館出版。

十二月，《中國小說史略》上冊由北京新潮社出版。

十二月二十六日，在北京女子高等師範學校作題為〈娜拉走後怎樣〉的講演。並於隔年刊載在北京女子高等師範學校《文藝會刊》第六期。

一九二四年　四十四歲

一月十七日，在北京師範大學作題為〈未有天才之前〉的講演。

二月七日，作小說〈祝福〉，載三月二十五日《東方雜誌》半月刊二十一卷六期。

二月十六日，作小說〈在酒樓上〉，載五月十日《小說月報》十五卷五期。

二月十八日，作小說〈肥皂〉，載同月二十七、二十八日北京《晨報副刊》。

六月，《中國小說史略》下冊由北京新潮社出版。該書於翌年九月合成一冊，由北京北新書局出版。

七月，應西北大學與陝西教育廳之邀，赴西安講學，講題為〈中國小說的歷史的變遷〉。

九月，開始寫〈秋夜〉等散文詩，後結集為散文詩集《野草》。

十一月十七日，《語絲》週刊在北京創刊，魯迅為發起人與主要撰稿人之一。創刊號上刊出魯迅的雜文〈論雷峰塔的倒掉〉。

十二月，譯自日本廚川白村之文藝論集《苦悶的象徵》，由北京新潮社出版。

一九二五年　四十五歲

一月，發表散文〈風箏〉。

二月二十八日，作小說〈長明燈〉，載於三月五日至八日北京《晨報副刊》。

三月十八日，作小說〈示眾〉，載四月十三日《語絲》週刊第二十二期。

四月，發起「莽原社」，編輯《莽原》週刊。

同月，發表雜文〈夏三蟲〉。

五月一日，作小說〈高老夫子〉，載《語絲》週刊第二十六期。

十月，作小說〈孤獨者〉、〈傷逝〉。二文皆未經發表，後收入小說集《徬徨》中。

十一月三日，作小說〈弟兄〉，載同月二十三日《語絲》週刊第五十四期。

十一月六日，作小說〈離婚〉，載同月二十三日《語絲》週刊第五十四期。

十一月，編定一九二四年以前所作之雜文，取名《熱風》，由北京北新書局出版。

十二月，譯自日本廚川白村之文藝論集《出了象牙之塔》，由北京未名社出版。

十二月三十一日，編定雜文集《華蓋集》，並作〈題記〉，翌年六月由北京北新書局出版。

一九二六年　四十六歲

二月二十一日，開始寫作回憶散文〈狗・貓・鼠〉等，後結集為回憶散文集《朝花夕拾》，一九二八年九月由北京未名社出版。

三月十八日，段祺瑞政府槍殺愛國請願學生的「三一八慘案」發生。為聲援學生，揭露軍閥政府的暴行，魯迅陸續寫作了〈無花的薔薇之二〉、〈死地〉、〈紀念劉和珍君〉、〈淡淡的血痕中〉等雜文、散文多篇。因遭北洋軍閥政府通緝，曾被迫離寓至山本醫院、德國醫院等處避難十餘日。

六月，《華蓋集》出版。

八月一日，編定《小說舊聞鈔》，作序言，當月由北京北新書局出版。

八月，第二本小說集《徬徨》由北京北新書局出版，收錄短篇小說十一篇。

十月十四日，編定雜文集《華蓋集續編》，並作〈小引〉，翌年五月由北京北新書局出版。

十月三十日，編定論文與雜文合集《墳》，並作〈題記〉，翌年三月由北京未名社出版。

十二月三十日，作歷史小說〈奔月〉，載翌年一月二十五日《莽原》半月刊二卷二期。

一九二七年　四十七歲

四月三日，作歷史小說〈眉間尺〉（收入《故事新編》一書時，改題〈鑄劍〉），載四月二十五日、五月十日《莽原》半月刊二卷八、九期。

四月二十六日，編定散文詩集《野草》，作〈題辭〉。七月，該書由北京北新書局出版。

八月二十四日，編定《唐宋傳奇集》，該書由北京北新書局在本年十二月及翌年二月分上下冊出版。

十月，移居上海。

十二月十七日，《語絲》週刊遭奉系軍閥封禁，由北京移至上海繼續出版，魯迅擔任主編；至隔年十一月辭去主編職，改由柔石接任。

一九二八年　四十八歲

五月，譯自日本鶴見佑輔之隨筆集《思想・山水・人物》，由上海北新書局出版。

六月二十日，與郁達夫合編之《奔流》月刊在上海創刊。

十月，雜文集《而已集》由上海北新書局出版。

一九二九年　四十九歲

四月，譯自日本片上伸之論文《現代新興文學的諸問題》，由上海大江書舖出版。

六月，譯自蘇聯盧那察爾斯基之論文集《藝術論》，由上海大江書舖出版。

九月二十七日，子海嬰出生。

十月，譯自蘇聯盧那察爾斯基之論文集《文藝與批評》，由上海水沫書店出版。

本年，譯自日本板垣鷹穗之《近代美術史潮論》，由上海北新書局出版。
年底，與馮雪峰磋商成立「中國左翼作家聯盟」一事。

一九三〇年　五十歲

二月，出席「中國自由運動大同盟」成立大會。
三月，出席「中國左翼作家聯盟」成立大會，被選為執行委員。
三月十九日，得知被政府通緝，離寓暫避一個月。
七月，譯自蘇聯普列漢諾夫之《藝術論》，由上海光華書局出版。

一九三一年　五十一歲

一月二十日，因「左聯」五位青年作家被捕而離寓暫避。
四月，編《前哨》，紀念柔石等死難者。
九月，譯自蘇聯法捷耶夫之長篇小說《毀滅》，由上海大江書鋪出版；十月另以「三閑書屋」名義再版。

一九三二年　五十二歲

二月三日，與茅盾、郁達夫等共同簽署〈上海文化界告全世界書〉，抗議日本帝國主義的侵華暴行。

九月，雜文集《三閑集》由上海北新書局出版。

十月，雜文集《二心集》由上海合眾書店出版。

十二月，與柳亞子等聯名發表〈中國著作家為中蘇復交致蘇聯電〉；另編定《自選集》、《兩地書》，作序言。

一九三三年　五十三歲

一月，編譯之蘇聯短篇小說集《豎琴》，由上海良友圖書印刷公司出版。

二月，譯自蘇聯雅各武萊夫之長篇小說《十月》，由上海神州國光社出版。

三月，《魯迅自選集》一書由上海天馬書局出版。

同月，編譯之蘇聯短篇小說集《一天的工作》，由上海良友圖書印刷公司出版。

與瞿秋白往來密切，瞿作雜文十二篇，以魯迅曾用之筆名發表，後並且編入《南腔北調集》和《準風月談》中。

三月五日，作〈我怎麼做起小說來〉，收入同年六月上海天馬書局出版之《創作的經驗》。

四月，與許廣平的通信集《兩地書》由上海北新書局以「青光書局」名義出版。

五月十三日，與宋慶齡、楊杏佛等赴上海德國領事館，遞交〈為德國法西斯壓迫民權摧殘文化的抗議書〉。

七月七日，與美國黑人詩人休斯會晤。

九月三日，世界反對帝國主義戰爭委員會在上海召開遠東會議，魯迅被推選為主席團名譽主席，但未能出席會議。

十月，雜文集《偽自由書》由上海北新書局以「青光書局」名義出版。

一九三四年　五十四歲

三月，所編蘇聯版畫集《引玉集》，以「三閑書屋」名義自費印行。

同月，雜文集《南腔北調集》由上海聯華書局以「同文書局」名義出版。

六月，在《中華日報》上發表雜文〈拿來主義〉。

八月，所編之中國木刻選集《木刻紀程》，由上海鐵木藝術社出版。

同月，作歷史小說〈非攻〉，未經發表。

十二月，雜文集《準風月談》由上海聯華書局以「興中書局」名義出版。

一九三五年　五十五歲

七月，譯自蘇聯班臺萊耶夫之兒童小說《錶》，由上海生活書店出版。

同月，應邀編選《中國新文學大系・小說二集》，由上海良友圖書印刷公司出版。

十月，譯自高爾基之小說集《俄羅斯的童話》，由上海文化出版社出版。

十一月，作歷史小說〈理水〉，未經發表。

同月，譯自俄國果戈理之長篇小說《死魂靈》第一部，由上海文化生活出版社出版。

十二月，作歷史小說〈采薇〉、〈出關〉、〈起死〉；與前作〈補天〉、〈奔月〉、〈鑄劍〉、〈非攻〉、〈理水〉一起，輯錄成《故事新編》一書，本月二十六日作序，翌年一月由上海文化生活出版社出版。

一九三六年　五十六歲

一月二十八日，編定《凱綏・珂勒惠支版畫選集》，並作〈序目〉，五月以「三閑書屋」名義自費印行。

三月二日，肺病轉重，量體重，僅三十七公斤。

六月，經診斷確定為肺結核晚期。二十多年來第一次中斷日記二十餘天。

九月五日，作散文〈死〉。

十月八日，往青年會參觀第二次全國木刻流動展覽會，並與青年木刻藝術家座談。

十月十七日，執筆寫作一生中最後的一篇作品〈因太炎先生而想起的二三事〉，未完篇即輟筆。

十月十九日晨三時半，病勢劇變，延至五時二十五分病逝於上海。

魯迅與弟弟周建人（左）合照，中間為許廣平，右後則是孫伏園。（《中國語文》第六冊，p.88，香港教育圖書公司）

散文新四書：春之華

林黛嫚　編著

春天是起點，季節的起點，人生的起點。本書選文就從這樣的意象出發，讓作家們用他們的方式來回顧自己的青春年少，林海音古老的童玩已經隨她而逝，我們只能在文章中讓這些童玩再活一次；王鼎鈞寫了數百萬言後，文字才和白紙聯繫上，成為一則傳奇；詹宏志的童年，父親回家不回家有大不同；張曉風交給這個社會一個孩子，做母親的對孩子即將面對的歡欣憂煩十分關切；黃春明的「地牛翻身」地震說法是永遠的童話……。

散文新四書：秋之聲

陳義芝　編著

楊牧、林文月、席慕蓉的成就，久經傳誦；舒國治、陳列、何寄澎、徐國能為跨世紀拔尖寫手；陳黎、陳芳明、陳大為堪稱詩人散文家代表；周芬伶兼具小說家身分；謝旺霖彷彿探險家行腳，氛圍同樣迷人。其中有野地感思、書房懷想，也有海上停泊、公路奔馳的見聞；西藏天葬招來的鷹鷲，拍翅在生與死的氣流裡……十二段人生，示範了十二種寫文章的方法。

散文新四書：冬之妍

廖玉蕙　編著

本書選文標準，以文字精鍊靈動、內容溫暖幽默為主，作家從琦君以降，依年齡序為余光中、康芸薇、劉大任、劉靜娟、吳晟、黃碧端、林懷民、平路、陳義芝、田威寧和黃信恩等十二家。就年齡層分布而言，分屬老中青三代；就文章內容而論，以人際為範疇，親情為大宗。文章編排由關係遠近為序，以余光中夫子自道開端、黃碧端摹人記事收尾，十二篇文章的題材環繞人際，但表達各具特色，篇篇雋永有味。

散文新四書：夏之豔

周芬伶　編著

人生之夏，是生命力昂揚的時節，感覺變得敏銳，世界也對我們開展，升學或失學，戀愛或失戀，結婚或失婚，就業或失業，成功或失敗，健康或病痛……，一切是那麼戲劇性，卻又是理所當然。

生命的故事訴說不盡，訴說本身就是文學，也創造無數文學家。本書中選出十一家，集中描寫生命力之昂揚：季季〈鷺鷥潭已經沒有了〉寫出文學與愛情的盛夏，以一場饗宴達到頂點，卻也空惘與危厄在其後；蔣勳的〈故事〉，聽故事的小孩變成說故事的作家，說故事的母親變成自我的化身；林黛嫚初為人婦的〈本城女子〉，沒有〈慾望城市〉的搔首弄姿，對人生倒是多了一點少女般的疑惑與好奇。